晨起一杯茶

老徽州记忆

许若齐 ／ 著

合肥工业大学出版社

图书在版编目(CIP)数据

晨起一杯茶/许若齐著. —合肥:合肥工业大学出版社,2017.5
ISBN 978 - 7 - 5650 - 3351 - 3

Ⅰ.①晨…　Ⅱ.①许…　Ⅲ.①散文集—中国—当代　Ⅳ.①I267

中国版本图书馆 CIP 数据核字(2017)第 115210 号

晨起一杯茶

许若齐　著		责任编辑　朱移山
出　版	合肥工业大学出版社	版　次	2017 年 5 月第 1 版
地　址	合肥市屯溪路 193 号	印　次	2017 年 5 月第 1 次印刷
邮　编	230009	开　本	710 毫米×1010 毫米　1/16
电　话	人文编辑部:0551 - 62903310	印　张	14.5
	市场营销部:0551 - 62903198	字　数	181 千字
网　址	www.hfutpress.com.cn	印　刷	安徽联众印刷有限公司
E-mail	hfutpress@163.com	发　行	全国新华书店

ISBN 978 - 7 - 5650 - 3351 - 3　　　　　　　　定价: 29.80 元
如果有影响阅读的印装质量问题,请与出版社市场营销部联系调换.

一街凉意渐起（代序）

许若齐

　　熟年，一个舶来的词，泛指年龄介于 45 岁至 64 岁之间的人群。

　　有人说这是中年人士最后一次的精神断奶，不仅年龄，关乎境界。

　　叔本华如是说：生命是一团欲望，欲望不能满足便痛苦；满足了便无聊，人生就是在痛苦与无聊之间摇摆。哲人的话尽管尖刻，却也洞穿了人最本质的无奈。人的悲剧性源于企图超越与注定不能超越的矛盾。

　　丰子恺先生把人生喻为三层楼，一层是物质生活，衣食也；二层是精神生活，学术文艺也；三层是灵魂生活，宗教也。像他这样的大家，也只在二层，只是偶尔伸头往上窥探一下而已。能上三层楼的，寥若晨星，他的老师李叔同是也。年轻的李叔同当年是何等的倜傥与风采，一旦决绝转身，遁入佛门即为弘一法师，修的且是极苦的律宗。这漫天红尘中的觉悟，世上有几人能企及？我等芸芸众生，自然高山仰止；六根不尽，无缘正果，能悟到一点将心放空的禅机，即是功德圆满了。

　　心空即能安静。

　　安静是一种状态，也是一种修养。马云曾言：我安静了，我的公司也就安静了。马先生的话大抵有两层意思：一是公司兴衰系于一身，个人作用何其大也；二是安静与沉着，于个人于组织至关重要，具备此等气质，能审时度势，张弛有度，遇喜不狂，处变不惊。

　　感觉自己是过了五十方安静下来。生理因素与社会因素在主客观皆同时发力，须稳妥招架。明显的标志是重读蒋捷的《听雨》，特别是"壮年听雨客舟中,江阔云低,断雁叫西风"句,惆怅之感顿出。逝水流年,内心之秩序非安静才能守定。心静了,原本刻意追求之事变得无足轻重;生活的本来就是淡泊与平常,如演员在谢幕卸妆之后,方显出原来的自我。老树画下面配的近乎白话的诗,能过目不忘,诸如:遇上烦心事情,有点不大高兴。坐对一树桃花,心中忽然大静;最爱夜半洗澡,感觉活着还好。浴霸开到最大,世界变得很小……

近日游了绍兴。以前多次去过,旧地重来,感触大不同。过去喜欢跑著名景点,关乎鲁迅的自不待说,去鉴湖女侠就义的轩亭口,自然壮怀激烈;也流连沈园,一阙《钗头凤》,想象悲切缠绵的陆唐之恋;即便是去咸亨酒店吃酒,也是呼朋唤友,大做孔乙己状,终有作秀之成分。

此次不急不促,徐缓而行,在一名为仓桥直街的地方转悠许久。说街,其实是一长巷。深秋正午的阳光懒慵慵地照着,空气里淡淡地散着梅干菜烧肉和煎臭豆腐的气味。巷子不宽,长竹竿搭上了两边屋子的晒台,挂满了五颜六色的内外衣。屋子老矣,青砖黑瓦,临河的一面家家有石板拾级而下;河宽仅三五米,活水慢漪,有人洗衣洗菜。先见一老人在门口耍弄小猫,又看一理发师把一小青年头剪成"马桶式"(他自愿的),然后尾随一中年妇人(她没察觉),她一手拎一刀五花肉,一手提一尾大青鱼。妇人步履欢快,我想象她的表情,怎么会与摄影大师布列松那幅脍炙人口的作品——《男孩》联想起来?

黄酒也喝了几回。这产于古越之地的酒可谓是酒类中的"熟年",遭遇熟年的男子,真正是相得益彰,醇厚、绵长、温润,须在安静与平和中慢慢地品。绍兴的本土文人说的有意思:黄酒被文人雅训后的迷醉气息让慢下来静下来更有仪式感。那夜,月光泊泊如水,几个朋友就着茴香豆、咸鱼、白切鸡,浅斟慢酌了三个时辰,说些闲话与逸事,开些无伤大雅的玩笑,然后,带着些许薄醉,踏着幽亮的石板路缓缓而归。

一街凉意渐起。

目　录

第四辑　昔痕旧迹

第一辑 　徽事闲谭

拜　年

　　进腊月没几天,阿国就把年猪给杀了,有二百多斤呢! 我有点失落,那份热闹落下了,尤其是杀猪饭没吃成。再想想自己脑子有问题:猪杀了,要灌香肠、腌肉、做年菜……人家总不能为你好这一口,挨到腊月二十八九才开刀问斩吧? 杀猪佬都请不到。阿国待我好,要送我一个猪后腿,让我一定挑个日子上门做客,也体验一下乡村的年味。

　　连日雨雪,到正月初二天才放晴,于是一早便急急地出门。到阿国家有近一百公里的路程,沿途一个个村子经历了节日的过度消费,疲惫不堪,此时还在酣睡之中。偶有几户炊烟袅袅,像在伸着一个大大的懒腰。下了公路,到阿国家还得走几里山路。山头上和山下背阴处的白雪未融化,风依旧凛人,但已挟裹着初春清新的气息;地里的油菜绿绿地蓄势待发,倘若有几个暖暖的日头,定会冒出几茎金黄的菜花。阿国早早地就在迎我们了,他已是做爷爷的人了,不显老。在外打工了大半年,一入秋就回家了。做做歇歇,倒也自由自在。他现在最大的愿望就是攒钱在县城边上盖个两层楼房,在村里风光体面,也图个养老方便。无奈儿子阿鹏不给力,人家在北京、上海务工好几年了,见过大世面,哪会再回到乡里做个土鳖。他在这一带可是个数得上的大帅哥,看上去真有韩国影星的模样。

入屋刚坐定,女主人菊香就端上热气腾腾的茶叶蛋和肉包子,这是皖南的年俗,上门拜年的人都要吃的。两三家走下来,肚子肯定被撑饱。我有经验,浅尝辄止,留着胃口吃阿国家的土菜。他家春夏秋三季我都来过:春天拔笋掐蕨,夏天摘西瓜,秋天则打板栗挖红薯,每次都忙得不亦乐乎。阿国见我这下无所事事,抱歉地说:"你早来半个时辰就好了,有六个外村人,带着五条狗进山打野猪去了。"我一听,直后悔自己动身还是迟了,与一次意义非同小可的狩猎活动擦肩而过。话又得说回来,人家会带我这个四体不勤的人玩吗?尾随着,肯定是个累赘;弄不好,还会被野猪伤着,那就麻烦大了。正说着,菊香在一旁插话说:"隔壁的阿强在山上的塘里放水捉鱼,何不去看看?"

阿强两口子很能干,没出去打工,就守着那一片山,几块巴掌大的地,日子也过得挺滋润。临山泉边有两分地,就势挖成了鱼塘,春天投些鱼苗,平时割些草呀什么的放进去,过年过节自家和待客的鱼全有了;喜欢垂钓的有时也来甩一竿子。我们上去时,阿强把水也放得差不多了,黝黑的塘泥水里,白花花的鱼身子在扭动。阿强拿着渔网,从容不迫地将它们一网一个地兜将上来。五六斤的草鱼有好几条,还有鲤鱼、鳊鱼、鲢鱼……活蹦乱跳,眼花缭乱。为回应我的鼓掌喝彩,阿强连泥带水地扔了草鱼、鳊鱼各一条给我,说这是道地的野鱼,鲜美无比,带回去留着自己吃。我假客气了一番,欣欣然受纳了,心里盘算着如何认真地将其做成一道人人叫好的大菜。

山洼里就五六户人家,我一一拜年,动作生拙地散烟,满嘴吉利的话。树川一家七八个人围着方桌喝酒,其乐融融。我极力在两个人高马大的汉子里辨认谁是阿明,他是树川的小儿子。三十二年前的夏天,我第一次来这里,跑到山涧的水里裸游。涧上藤蔓蔽日,天然屏障。阿明那时才三四岁,居然偷走了我的衣裤,然后像旗帜一样扬起,在田埂上奔跑嚷叫。而今他还记得儿时的顽劣吗?我若与他叙旧,他恐怕觉得很可笑吧?

　　我看见院里水龙头不关老淌水，觉得挺可惜的。阿国说这是山上流下来的泉水，不花钱的。我以为把大毛竹剖开打通连起来接水更好，还省了管道的钱。城里舞文弄墨的文化人见之，定会认为是雅事一桩，或许还会美其名曰：低碳环保。阿国笑我呆：如今野猪麂子经常出没，它们可不管你这是什么水道。男人节后都出去打工了，拱翻踏倒了谁去修啊？这里可不是供人游玩的景点哦。

　　菊香的厨艺一般，但食材好，舌尖上的感觉就不一样。自制的香肠、火腿冬笋、干豆角烧土猪肉、栎炭火锅，摆了一桌子；以茶代酒，亦能浅斟慢酌，说些乡里城中的往事趣事。我在想，一生中有几个农民朋友真好。菊香操劳了半天却不上桌，默默地给我们准备带走的东西，装了满满一蛇皮袋，很沉。光那个猪后腿，足足有十几斤。阿国说不碍事，放在摩托车的后座上，油门一踩就到了。他们遗憾的是我们不能在这里住一宿，盼着我们油菜花开时再来。

除 夕 夜

那些年的除夕夜其实也挺单调，没有电视、微信，遑论手机上红包如雨纷飞；长辈们似乎也无情绪讲那"过去的事情"。春节再"革命化"，关起门来，还是要做顿好吃的；家境再窘困，倾其所有，几碗几碟总是有的，敞开肚子吃饱喝足，一年就这一次嘛！

尽管馋，孩子们却巴不得这顿吃喝早些了结。这不，门口窗外有狗吠猫叫，惟妙惟肖；这是联络暗号，小伙伴邀你赶快出去玩耍。我们要在这"阖家欢乐"的时刻释放压抑已久的顽劣，做点生动活泼的坏事。当然，这都是蓄谋已久的。

节前收到压岁钱，很少，几角。买一串小鞭炮，小心翼翼地拆解开，使之成为可扔可甩的个体。七八个男孩，揣着此物，悄悄离家，集结，像电影里一支精干的武工队，在夜色中行进，去一个只有我们知道的地方。

那是一片小竹林，疏密有度，方便埋伏，进退自如。对面，一栋黑乎乎的平层建筑，两头各开一门，门上各大书一字"男""女"。路灯昏暗，也还清晰可见。

一男子匆匆至。看来内急，未进门便有宽衣解带系列动作。入后约二三分钟，我们跃起，撮一个鞭炮点起，扔将进去。这节点也是算计过的，里面那位估计正是"欲罢不能"时。顿时，雷鸣电闪，火花四溅；硝烟弥漫中，一男子拎着裤子从里面骂骂咧咧出来。

我们早作鸟兽散,躲在竹林后捂鼻嘴笑。

又一男子紧接出。我们纳闷:二十分钟前未见人影,此人何时进的?知识寡少,尚不知便秘一说,只是不解:黑灯瞎火的,蹲守秽臭处做啥?生生地让我们拔出萝卜带出泥!

如此,一个时辰,竟做了五七回。终究是除夕夜,吃饱了撑着,出恭者众。当然,我们也是有《水浒》里菜园子张青遗风的,几种人不做:老人、孩子、年轻男性。最后者眼明腿快手狠,很容易被他活捉,再轻也少不了几记耳光的。这样下来,今夜遭殃的基本是中年男子了。

近在咫尺的女厕我们视而不见。因为《三大纪律八项注意》第七条不能违反:不调戏妇女。"天天读",背得滚瓜烂熟。至于连带产生的共振效应,非我们所能把控。

已夜半,此处已无人光顾。我们精力充沛,无所事事,遂去大饭厅"躲羊"(捉迷藏)。这里是学校学生食堂,"停课闹革命",亦成大字报铺天盖地处。此时空荡荡,纸欲静而风不止,寒冷中哗哗作响。

穿行于纸墙中躲羊,见腿不见人,本甚有趣,然小伙伴们个个无精打采,蔫头耷脑。原来大字报矛头所指,皆是他们父辈。名字被大粗毛笔写得触目惊心,打上红叉,前面缀有粗暴动词:打倒、揪出、火烧、油煎……都是地富反坏右走资派。除夕网开一面,回家过年;明天,或者后天,又要戴起白袖章,老老实实地劳动改造:喂猪、扫地、劈柴……先前我们弄的鞭炮碎屑,够 N 的父亲忙乎一阵。

我窃喜:我父亲没有一张大字报。他不喜交际应酬,言行谨慎,在历次政治运动中都能明哲保身,安然无恙;做人也是极其周到的,和蔼儒雅,好好先生一个。当然,家庭成分很重要。小土地出租,有剥削行为,尚未完全沦为反动阶级,但这影响到我戴红领巾这类光荣的事情。我经常怨恨先我出生几十年长眠地下的祖父,都说嫖赌可以倾家荡产,使富甲一方者沦为赤贫,敬爱的您老人家,为什么不好这一口呢!喝了一辈子快活酒,末了留下几亩薄地丢给祖母，让她苦兮兮地扯拉一家人过日子。挥霍完了家产多好，您的后代就是个名副其实的贫下中农了。

下半夜愈发冷冽，我们也愈发打熬不住。不知谁提出烧火取暖，又不知谁出主意就地取材，用大字报生火。易燃物质，取之不尽。就先从 Z 的老爸开始，他帽子多：地主阶级的孝子贤孙、大右派、反动教师……大字报多得叠加几重，肯定耐烧；然后烧 C 的父亲，国民党军官，反动学术权威；再烧 W 的老爷子，死不改悔的走资派……围火环坐，火烤胸前暖，风吹背后寒；光亮下，多少有些快意宣泄写在脸上。不久，都沉沉睡去。醒来，天蒙蒙亮，一地残灰尚温。

春 节 屑 记

一

自撰春联一副,请屯溪黄冬民君书之,年三十贴自家门上。

上联"千江见明月"取自宋朝一个和尚的偈语:千江有水千江月,万里无云万里天;下联"杯酒长精神"则是刘禹锡的诗:今日听君歌一曲,暂凭杯酒长精神。都是窃来的,佛儒皆有。句不甚工,亦无横批,反映心态一二。

二

年前去菜场购老母鸡一只,花百元钞一张。

砂锅清炖。文火,生姜片,状如老鸦头冬笋三个。

两个时辰,鸡近酥烂,满屋香气袅袅。油甚重,"滴笃翻"时,滚开处汤清。盛满一白瓷蓝边碗,只取鸡翅一对,笋不宜过多。喝完汗涔,六腑暖温。

三

姑母八十有余,独居。

她大侄年初二从老家乡下探望,姑母仓促未曾备酒菜。中午大侄自去小店沽得酒一碗、皮蛋两只自酌,至微醺。

她送我"顶市酥"点心一包,此物与几十年前无异,红方纸简单包装的炒熟之芝麻粉。味依旧香甜,质感松软;店家之浅蓝招牌亦如一方印章加盖,不过当年的"利民"已易名"同裕"。我吃法如前,最后仰头将残末徐徐倒入口中,指头被纸染微微红。

四

彤云密布,天晚欲雪。已是万家灯火时,才姗姗飘至,愈发大而近于暴。无数白色精灵在夜空舞蹈,呈欢欣状。夜十时,驱车出,兴致使然。

过广宇大桥,雪落江中静无声。由新安江南岸延伸带前行,橘黄路灯逶迤,温暖且又迷茫。行几里后,见路边高崖矗立,上书"新安大好河山",有瀑布直落,水汹涌而下,声如雷鸣,溅屑与飞雪共舞,且有五彩灯光辉映。

五

晨,东方大亮。雪洒白枝头屋顶,尚未皑皑。想走高速去五城,入口间接放行,折回。

见稽灵山,亦萌发走小径踏雪上山之念。无奈此山已被墙圈围,山门紧闭,上有黑色大门环一对,颇有古意。趋前拍叩数下,周遭寂然,无应对。一路人诧异,目光且露不屑,我亦横眉冷对。

等待孙子

　　尽管不是天才，我以为婴儿从娘胎里出来发出的第一声啼哭声是一首诗。人世间还有什么比新生命的诞生更富有诗意的事情吗？当然，聆听者很小众，祖辈父辈几个人，或许加上七大姑八大姨什么的。

　　进入公元2016年11月后，我开始在省城某医院住院部大楼里上上下下。儿媳待产，指派给我的任务是送饭。或许是猴年、二胎放开、年关将近诸多因素的叠加，产科呈火爆状，病房满，走廊亦满。产科里的气味很独特，是尿味奶味的混合弥漫，总体还温馨暖和。孕妇们松松垮垮，你很难想象她（们）在少女时代如林间的小鹿奔跑跳跃，或在婚礼上一袭婚纱，典雅华美，飘飘欲仙；丈夫们也一改往日的雄赳，显得唯诺而潦倒，缺少睡眠的眼睛惺忪无神，坐在病床边的矮凳上哈欠连天；个别的一副苦大仇深的表情，啥意思？难道即将呱呱落地的不是你的孩子？

　　于我而言，"祖父"曾是何等遥不可及，我曾挈妻携子，到故乡祖父的坟茔前烧香磕头。坟头上，青草萋萋，随风摇摆。老人家是大清朝的最后一代秀才，在我出世前二十多年他就长眠在此了，哪怕磕得再虔诚，也是仪式化与程序性的。祖父有许多逸闻趣事在村里流传：老人家喜酒贪杯且又古道热肠，是性情中人。每每在小酒店喝酒至微醺时，便摇晃桌子，说桌子不稳，于是掏出银圆要店小二去垫桌脚，非得把四个脚都垫上才罢休，然后一步三晃地哼着戏文回家。一有穷苦人叫"先生"，就从长衫里排出一把银角子撒将过去，众人快活地满地捡，他亦捆掌大笑而去。一代不如一代，孙儿我哪他那么潇洒，居然"沦落"到送饭菜的跑腿角色。

光阴似箭，我居然也要"高就"祖父了。一代人就这样老去，一代人就这样长大，一代人就要来了。小家伙在娘胎里已足月并超一周，就是姗迟不出，神闲气定。难道他（她）不喜欢这世界的纷繁与嘈杂？我得要告诉他：外面的世界很无奈，外面的世界也很精彩。

这种等待，与三十年前又何等相似。最大的不同是主角转换。新主角此刻正坐在产房门口，一脸的焦灼与不安。数个日夜的不眠，使脸面写满了疲惫。兴奋与煎熬同在，喜悦与担心并存，没有比里面传出的啼哭更牵心挂肠的了。当年我是在产房的墙根下，偷听到他生下来的第一声啼哭。那出奇的响亮，着实让我感到了以后岁月的任重道远。限于条件，我们的养育只能是粗放式，有时也出些迫不得已的怪招。譬如他半岁时，遇到天寒地冻的天气，将其放在水仙牌单缸洗衣机里洗热水澡。他趴在里面暖暖和和，很快活地嬉水；我们烧饭便烧饭，看书便看书，互不干扰。

我曾干劲十足地以徽州传统人家的路数来塑造他，一如他祖父于我。却没想到他骨子里是个"新新人类"，那些不知如何滋生的爱好就像春天的南瓜秧子一样疯长：变形金刚、俄罗斯方块、魔方……我屡屡出手做了不少"扼杀"之事，无奈"野火烧不尽，春风吹又生"。终于在小学二年级时，有一天我私下读到他的一篇命题作文——《我的父亲》。开门见山第一句就是：我爸爸是一个很凶的中年男子……

夜晚的医院，一改白天的熙攘喧嚣，安静，从容。周遭万家灯火，璀璨辉煌。无数先期来到世间的人正通俗易懂、有滋有味地活着；不远处的高铁线上，列车呼啸来往，忙忙碌碌。医院真是个奇妙的地方，人的起点终点都在此，近在咫尺，皆与哭声息息相关。

闹腾了几十年,无非是走了一个圈。此刻,仰望星空是必需的。还好,没有雾霾,几颗星星在天际眨巴眨巴。

　　孩子终于呱呱落地。顺产,男孩,6斤6两。洗洗后,护士抱出与我们看。襁褓里,他一只眼睛开着,有点好奇地望着一圈素不相识的嘴脸,神情好像在说:你们是谁呀?

二爷的夏天

二爷胖。他圆凸的肚子一旦凹缩下去，腰间立马有几道肥厚的折皱出来。

他夏天不难过，一张榻椅，一柄芭蕉扇，一把紫砂茶壶，让他悠然自得地度过那些炎热的日子，因为他住在老宅子里。

宅子很大，塞进了七八户人家（包括我家），老老小小几十口人还绰绰有余。它坐落在一条小巷的中间，只在斑驳的墙上开了一扇小小的门供出入，还要上下几级青石台阶。门上有一对大大的铁环，敲门扣几下便可。进去迎面是一口水井，不知是何年凿出的，从井口四周勒出的一条条深深的凹沟，可看出它已垂垂老矣；井水一直是充盈而又清洌。井壁布满了湿漉漉的青苔，长着一丛丛的凤尾草。汲水的桶总是在天蒙蒙亮时咣当丢下去，惊醒了我儿时的梦。

宅子也很老了，没准是哪个徽州大户人家的祖产。壮苗的冬瓜梁，精美的斗拱、雀替，虽呈颓状，还能依稀仿佛诉说这里的昨夜星辰昨夜的风。天井长如过道，中间处有条石砌成的台子，几盆天竹常年欣欣向荣。两头各有门一扇，夏天大大地洞开，穿堂风不请自来。

二爷退休好几年了，从来不睡懒觉。早晨用紫砂壶泡茶，一定要"滴笃翻"的头遍开水；榻椅是细藤做的，像一架紫红色的工艺品,那需要至少几十年的睡躺磨蹭的功夫。一个夏天,它就静静地安放在天井避雨的一侧,成为二爷的专享。

三伏天里,只要有一丝风,天井里便能感觉到一股子阴幽凉津的空气在流动。祖宗聪明,不懂什么空气流体力学,也能设计出如此这般的自然空调。二爷手里的芭蕉扇纯粹成了摆设。偶尔挥挥,驱赶飞动状态的小昆虫;尽管用处不大,它还是与圆领汗衫、大裤衩、旧皮拖鞋一起,成了二爷夏天的标配。

二爷绝对是一家之主,二婶对他无微不至,子女毕恭毕敬(一个女儿嫁出),中餐一大家人同吃,早晚二爷是单做的。夏天素淡为主,早饭是自家老灶柴火熬出稀饭,要放一把绿豆的;一碟腌豆角或半个咸鸭蛋;油条赶早从巷口的小吃店买来,用头遍滚油炸的。二爷只吃半根,奇怪的不是一撕两开,而是用剪刀拦腰断之,蘸酱油吃。晚饭在天井里用,饭菜置一红漆托盘送至榻边,炒丝瓜、煎豆腐、辣椒炒干子是常吃的菜,偶尔也有梅干菜烧肉丁、粉蒸肉荤一下。米饭浅浅一碗,从来不添。不要汤,完了拿起紫砂壶猛吸一口。

估计还是家底子比较殷实,二爷家隔三差五还能吃西瓜。家里人多,总要买个十几二十斤的。卖瓜的是个有腮胡子的汉子,熟门熟路,隔几天就来“笃笃”扣门环。二婶买了瓜,就势装在竹篮子里,系根结实的长绳子,徐徐地放进水井里。一般是在晚饭后吃瓜,一大家人围在一起,只听“咔嚓”一声,欢叫声一片。当然,最好的一块先要给二爷,这是多少年不变的规矩。这个时候,各家的家长都把自家的孩子拢在屋里,免得馋相毕现,丢人现眼。二婶会做人,一家送一块尝尝,几成定律。那瓜到我嘴里只有一口,甜且冰冽,遂成记忆里最好吃的西瓜。

二爷四体不勤,好像整个夏天的大部分白昼都在天井的榻椅上坐躺着凉快。他不看书看报,也不大喜欢跟人聊天。看着忙碌的人汗涔涔地从他面前走过,他偶尔会说句:心静自然凉。二爷睡眠很好,躺着躺着就鼾声大起了。我幼小,无所事事,喜欢凑近椅子看二爷随鼾声而起伏的那个大大的肚子,心想里面装了多少好饭好菜,一个月不吃不喝也没关系。二爷突然醒了,用芭蕉扇拍打我的头,说穿开裆裤坐在青石条上,凉气从屁眼里钻进去会变成小虫子的,吓得我赶紧跑了。

取代我的是一只猫。猫侧卧榻旁,二爷一只手搭在它身上。它不长性,一刻钟后就溜了,爬柱顺梁就上了屋脊。屋脊上长满了瓦松和蓬草,猫悄无声息地走走停停。

入夜,天井那方天空星星点点,穿堂风也愈加凉起来,二爷便回屋歇息了。他离开一会,就会有上门闩的声音传来。然后,老宅子便进入了死一般的寂静。夜半只有偶尔的咳嗽声以及小便落入马桶声。后者相对准时,各家约定俗成,前后持续约一小时。

发　水

　　二十世纪六七十年代，那时屯溪夏天发水是常态。本是水的聚屯之地，新安江的两大支流率水与横江在此汇合，屯溪因水而发，曾造就了此处"行舟鳞次、商贾纷至"的繁荣兴旺；而一发水，也带来了一些麻烦，与载舟覆舟的道理是一样的。

　　屯溪的发水皆是上游骤雨猛至，山洪暴发所致。只需几小时的大到暴雨，原本清澈缓平的水流立马翻脸，混浊、湍急，江面开阔了一倍有余。一般来说，水不漫过江堤，河街老街一带低洼处不进水谓之"发水"；而一旦水淹过了新大桥的桥面，近半个屯溪浸在水里，谓之"发大水"。此等情景，我只见过一次，时为1969年7月5日。

　　大水至时，甚为骇人。但见分秒寸进尺涨，河街片刻进水已"打不到底"，沿岸一个个圆鼓结实的水埠头相继沉入水中，对岸草木萋萋的阳湖滩变成黄浊的水面，唯有几株柳树留出一撮梢头，在风中孤独地零乱。

　　此时新安江面上水漫无章，什么东西都在随波逐流：树枝、庄稼、蔬菜……一只麻鸭立在一团南瓜藤上，旁若无人地顺流而下。它从哪个村子漂出来的，归宿又在哪里呢？一头死猪浮过来了，它居然也溺命了。不是说猪会划水吗？会，还是不会？显然还是个问题。

屯溪万人空巷，众人齐聚江边高处，观水成了日课，兴奋得好像打了鸡血一样。山洪来得快，去得也快，谈不上众志成城波澜壮阔的抗洪救灾。那时不知洗衣机、冰箱、彩电为何物，家用轿车简直是天方夜谭。临水人家，早在家门口放手拉板车一部，屋里面桌椅床柜业已架空，一老人坐堂屋中央，手挽包袱，里面估计是家中全部细软。水再漫上来，青壮背起便走，门都无须锁的。最伤心的还是上游下游的农民兄弟，半年多的辛苦劳作顷刻被冲得精光，年底生产队的分红恐怕是负的，来年炒菜油都没得，得吃"红锅"了。当然，逃荒要饭这等事是决然没有的。

有五百年历史的镇海桥（老大桥）巍然在一片汪洋中，愈发显得身子骨硬朗。此时，你不能不佩服老祖宗设计的眼光与水平。水如此之大，它还高出水面两米，几个分水头劈波斩浪，而下游那个钢筋水泥的新大桥淹得只剩栏杆依稀可见。桥上人头攒动，指点水势，评论古今，时不时有高论迭出，无非是围绕是涨是落各执一词。老人说：老大桥若淹了，整个屯溪恐怕都在水里了。这等事，祖宗八代都没发生过。

我家门口是一大柴行，山里的柴运来，码垛得如山一样高，供屯溪人烧水烧饭菜。一波波的水拍打冲击，只见这座大山微微动摇，却还是站立如初。有人愚蠢，在柴山底部的水里硬拽了几捆上来。这抽薪之举顷刻让其崩塌，"轰隆"巨响一声，水面上黑压压的满是柴火。所幸柴行以下是一片开阔，无所撞击；只是便宜了一帮趁水捞柴之徒，在下游收收拢拢，轻轻松松弄个千儿八百斤的。水上漂来的东西，不要白不要，他们可不在乎人们鄙夷的目光。

发水的日子里，好人好事还是很多的，最壮烈的还是耳闻一百多里外谭家桥附近的黄山茶林场，11位豆蔻年华的男女知青为抢运化肥和粮食（后来也有档案资料一说），走到了垮塌的桥上，被洪水卷走，再无生还。以后一幅题为"胸怀朝阳何所惧，敢将青春献人民"的宣传画试图再现当时的场景。不爽的是，画面上人物远近的排列，竟是与每人的家庭出身相关联。我亲眼看见的是，十几位青少年手拉手地组成人链,在老街临江处齐腰深的急流里,打捞人民的财产:南瓜冬瓜西瓜、脸盆脚盆马桶、小孩的摇床……呼喊口号铿锵有力:下定决心,不怕牺牲,排除万难,去争取胜利! 同班的一位女同学居然也在人链当中作为一环,湿漉漉的长发贴在脸上,模样相当不屈不挠。我怕她看见我在岸上旁观,急急如漏网之鱼溜了。

　　有一位男子至今难忘。他三十几岁,面相英俊,似县剧团的男主角。一件军用雨衣团起斜挎在身上,脚蹬当时颇时尚的海绵底水陆两用凉鞋。水大危险处都能见到他的身影,有英雄气。风雨袭来时,他会把雨衣打开披起,哗哗的,有点像一只鹰飞起来。

　　第二天,水退了,满目疮痍狼狈。柴行里留下了几个大水凼,有人在里面捉鱼,仅二三寸长的条子鱼,喂猫而已。

狗

狗有名字，叫黑子。

我依稀地记得我比它大七岁。卫校养狗的老 H 把它从一堆垃圾里拨拉出来时，它还是一团蠕动着的血团——刚出世就被遗弃了。我很快并完全地忘了它。第二年的夏天，一个炎热的中午。百无聊赖的我，在空空如也的校园里转悠了几圈，终于在一棵老柳树下打起了瞌睡。不知疲倦的知了单调尖锐的叫声，反加重了我的疲惫。突然，一团柔软湿热的东西在我的脚背上擦摩。我睁眼一看，竟是一条黑狗在很有滋味地舔我那只满是灰垢的赤足。

我一急，一个响屁无法阻挡地喷薄而出。它受到惊吓，后退两步，继而回应"汪汪"两声；我又无法阻挡了一次，它亦如法炮制一回。我乐了，这人狗之间还是怪默契的！我们一下子亲近起来，它摇头摆尾头里走，我趿着脏拖鞋居然就跟着了。一前一后就到了老 H 住的矮屋前。老 H 是个孤老头，在卫校养了十几年的狗——它们都是要上实验台的。看得出，老 H 对黑子怜爱有加，黑子对老 H 也依恋无比。于孤独的人而言，狗是最好的伴侣。贵族平民，古今中西，概莫能外。

大概是黑子过于袖珍，或是那一身黑得发亮的皮毛太惹人喜爱，它居然摆脱了上实验台的宿命，自然也就摆脱了被圈养的命运，成为唯一一只在校园里自由自在的狗。黑子低调，既不高声吠叫,也不摇头摆尾。最可贵的是不狗眼看人,曲意地讨好校园里那些趾高气扬的人物,很有不卑不亢的风度。

它时不时地跑到狗舍前,隔着铁栏栅,与失去自由的同类作无言的交流。那些狗可没有黑子这么幸运,隔三岔五地要被牵着上实验台,有的则"一去兮不复返",连个尸骨都没落下。有的苟活了,回到狗舍后,好些天呆兮兮的,"巴甫洛夫反应"也没有了。奇怪的是,黑子是条母狗,却从没见外面的异性来寻花问柳。在那些个本应热情奔放的日子里,黑子默默地在校园里来回走动。有时它会抬起头,凝视着天上缓缓飘过的白云,好像是心向远方,有着无限的心事。

"文革"开始,老 H 继校长之后也被揪了出来。原来他是个大盐商的余孽,居然还参加过三青团。狗是养不成了,被打发去喂猪。看来猪比狗在人眼里还要低贱一些。猪不通人性,整天吃吃睡睡,哪能给老 H 什么慰藉?黑子便成了他的患难之交。老 H 弓着腰,挑着猪食桶蹒跚着,黑子前前后后地跟着,很想为主人做点什么。往后人与人之间"武斗"起来了,偌大的校园变得人烟稀少,荒草萋萋。狗们不知怎的摆脱了铁栏栅的禁锢,也获得了解放。它们很逍遥地在校园里行走奔跑、拉屎撒尿,然后在夜晚对着一轮皓月,仰着脖子狂吠一通。

没过几天,每当暮色苍茫时,外面的同类悄然地穿过虚掩的后门,来到一僻静处——学生伙房后面的一块空地。里应外合,干起了那好事,黑子还是个旁观者,无动于衷。狗语喧哗,意乱情迷;相看都不厌,聚散两依依。却不知血光之灾正渐渐逼近。

武斗的人们既要打人,也要吃肉。这样才能斗志昂扬,血气方刚。那是一个夏日炎热的傍晚,狗们还沉湎于欢乐中。突然一声人吼,十几个大汉拿着铁丝套、挥舞着大棒从四面冲出。狗们茫然不知时,脖子已被套住,大棒打得它们头开脑裂,凄惨的嚎叫声不绝于耳。打人的人打狗也是高手,这场行动只持续了十分钟,八九条狗全部毙命。唯黑子逃此一劫——它太瘦弱,且又是条上了年纪的老狗。它蜷缩在角落里,惊恐地目睹了这血腥的场面。

　　接下来就是剥皮、开膛、剁肉。几口大锅支起来了,大块的劈柴在锅底熊熊燃烧,腾出鲜红的火焰,四周开始弥漫起狗肉的香味。人们在晕晕的月光下,大碗喝酒,大块吃肉。不一会就裸着上身,划拳行酒,口出豪言,好不快活。突然,黑子发出一声长长的,让人心悸的嚎叫,还没等人拿起大棒,它已飞快地窜出去,从此不见了踪影。

回 家 的 路

生于休宁，长在屯溪。在合肥逾三十年，妻儿房等等家庭元素一应俱全，但那方水土总是萦牵于怀，古老且时尚的说法便是乡愁了。回家，就是回到那里。

很长的时间里，那里的人们对省城合肥似乎有所"不敬"。这也许是史上曾财大气粗、文脉深远，或者此处青山绿水、天下无双。习惯地把长江以北的人都称为"侉子"，口气相当轻蔑。我1982年大学毕业分配至合肥，也实在是无奈的选择。全部的行李装进一纸盒箱，从屯溪到省城。夕阳下的合肥，安静、整洁。由长江路至金寨路至延安路（今芜湖路），留有印象的除省委省政府的大门口的牌子外，仅两座楼耳：一是回龙桥附近《安徽日报》办公楼，现已被几家餐馆瓜分；再是金寨路延安路交口的物资局大楼，造型独特，有弧度，如今是一家银行所在。路过绿树交柯的稻香楼宾馆，也给了深情的一瞥，那是因为父亲二十年前作为省劳模来合肥参加群英会住在里面。他很少出远门，回去后经常津津乐道，那几天吃得好、住得好，大中华香烟放在桌上随便抽。

第二天，腿肚微肿。我知道那是在一个逼仄的空间里蜷缩了十二个小时所致。一辆红白相间颜色的长途客车，足足塞了六七十人，一路颠簸，尘土飞扬，昏昏欲睡。车在渡轮上过长江，江水混浊，气势黯平。唯有远处几只高飞低俯的江鸥，唤起从书本得来的、留存心底的几缕诗意。"日暮乡关何处是,烟波江上使人愁",这烂熟的句子,竟成今后几年回家路上的横亘不去的纠结。

单身的时候,起早便起早,挤车便挤车,倒也没什么牵挂;一旦成为三口之家,这回家就是一趟头皮发麻的艰难之旅。1985年的冬天特冷,要回去过年。凌晨四点半就在稻香楼站点候一路车,寒霜满地,滴水成冰。妻用一床小被裹着半岁的孩子,已然一件大物,不堪负担;我则两个人造革旅行袋捆扎,肩上一前一后搭挂,内有尿布、奶瓶、麻饼、烘糕、麻油、花生米,活像小品《超生游击队》里的黄宏。站点已人头攒动,口哈热气,翘首以待。车溜唧溜唧地来了,众人皆奋勇向前,都心急火燎,没排队的。我们连续冲击两次未遂,已是满头大汗。第三次终将妻儿托上,我却一个踉跄被挤出两丈远,力竭声嘶:护好孩子,长途汽车站见!待我气喘吁吁,内里汗透赶到时,距六点发车仅剩一分钟。上车掀被角看孩子,他正酣睡。车厢里人挤人,如沙丁鱼罐头,不冷,洋溢着一种热烘烘的暖臭。

那时坐汽车一般都要"两头黑"的(夏天除外)。八百里皖江上无一桥,汽车在芜湖轮渡排队过江,顺利的话要一个多小时。遇到风急浪大、水涨船高或其他什么原因,三五个小时也是有的。这里"一桥飞架南北,天堑变通途",是何年何月的事啊?后来就改乘火车,同样是大江阻隔,稍稍耽搁一下,就会误了江南或江北的火车。穿过芜湖市区的四路公交,每每让我有切肤之痛。你心急如焚,它依旧慢条斯理,停停走走。殊不知,慢了一点点,就会让我在江边火车站百无聊赖几个小时啊!一到站,急急如漏网之鱼,一路狂奔;孩子尚小,哭叫着被我们拖着跑。不止一次,眼睁睁地看着火车悠长地拉响汽笛,慢吞吞地逶迤而去,极度的沮丧像乱草一样塞满胸腔。在相当一段时间里,我对这座江城的全部印象就是四路车上芜湖女孩的有理无理不饶人的伶牙俐齿以及火车站周边小吃摊上的油炸臭豆腐和卤鸡蛋什么的。

我搭乘过的交通工具还有闷罐车,裹着一身稻草居然睡了几小时;也在月黑风高之夜坐过蹦蹦车,当然是应急的一段;还比较奢侈地在天上飞过几次。真正感觉到回家的路宽阔通畅是芜湖长江大桥修成以及合肥到宣城高速的通车,时间压缩了一半,六小时能到屯溪了,多么欢欣鼓舞!与此相呼应,我相当"前卫"地买了一辆车,第一次上高速,小心翼翼,全程六十码,下定决心不超车。当缓缓开上大桥时,是何等扬眉吐气:长江在我的臀胯之下了!

高速止于宣城西。出口处不远有一土菜店,做的是上下高速客人的生意,闻名遐迩。最拿手的是干锅鸡,土鸡剁块,与辣椒、蒜瓣共一锅端将上桌。边烧边吃,时间越久,其味越醇。去多了,便与主人稔熟了,每次没进门,那声音就从里面抑扬顿挫出来:合肥客来了。吃客盈门,有时竟能在同一时间碰见几拨熟识的。有回遇见一位,似曾相识,紧紧握手,说了好一会孩子可好、身体可好、工作可忙的话,就是想不起他姓甚名啥。末了,待我去付钱时,他已把单买了,人已走得不知去向,真是古道热肠。妻喜欢炒股,盈盈亏亏,乐此不疲。路上有时间,行情误不得。一次,开车回屯溪,一个股票用手机买卖,上午急拉便卖,下午回调又买,不一会又升,三点收盘到家。一算,恰好赚了一部车钱,乐不可支。晚上寻一家酒店,点几个好菜,邀几个亲朋吃喝一通。

2007 年 10 月,合铜黄高速开通,回家的路从此一往无前。这是一条很美的路,特别是过了九华山以后,路就像在大山里长出来一样。灰得发青的路面,白得耀眼的路带,延伸在层层叠叠的山峦之间;那些白墙黑瓦的民居在山谷里时隐时现;小桥流水,古树修篁,山花烂漫。然而,行走在这条路上的最初几年,没有快意愉悦,却是长长的感伤与悲哀。母亲病重病危、父亲病重病危、岳父病重病危……老人们像是约定一般,相隔不多地走向大限。我只能一次次地回去,2008、2009 两年,共走了 68 趟(单程),有时回程一半,告急电话打来,又折返回去……2008 年 5 月 12 日,母亲告危。下午三点离开合肥,一路上地震与母亲的信息不断发到我的手机上,国殇家悲,无以复加。子夜时分,老人走了;夜出奇的静,满天星斗。我泪如雨下。去年春天，当送走最后一位老人返程时，望着车轮后渐行渐远的道路、群山，我突然感叹起人生：老人们走完了，来的路慢慢地模糊不清，去的路却愈发清晰起来。

这两年，十分关注另一条回家之路——京福高铁。大凡媒体上出现有关消息，都要细细地看，并乐于传播。最上心的是这一条：合肥到屯溪，仅需一小时左右。三十年奔波苦与乐，七百里路尘与土。我不知今年6月30日后，一旦坐着这趟高铁风驰电掣地回家，该是怎样一种心情？赶紧在屯溪置业，购买小房一套足矣。当然，一定要在依山傍水的地方。那里可是在一片清朗的苍穹之下啊！

家　谱

　　春节回家,病榻上的父亲很郑重其事地递给我一本册子,语重心长地叮嘱我务必好好珍藏,不得佚散。一看:休宁下汶溪许氏支系家谱。那题头的大照片也是再熟悉不过的:碧绿的汶水依偎着青翠的玉几山;山头上,耸立的宝塔叫巽峰塔,明朝嘉靖年间修建。四百多年了,身子骨还那么直挺,默默地注视着世间的风雨沧桑。

　　父亲言之凿凿,我亦唯唯诺诺。老人已八十有余,他不无得意地说,这家谱最后的勘误、定稿,他可是把了关的。此等大事,来不得半点马虎。父亲是有资格担当此任的:在这个家族中,唯他辈分最高、年纪最长。倘若族人齐聚在许氏祠堂里祭祀祖先、追本溯源,老人家恐怕就是居中坐在太师椅上,发号施令的"族长"。可惜,多少年的沧桑事变,老家下汶溪的祠堂几成废墟,只能从断垣残壁间的蓬蓬野草里,捡拾些破砖碎瓦,细细辨认上面的纹理,漾出些怀旧的情愫。祠堂是建在地面上的,总被风吹雨打去;眼下我手上的这本家谱,不就是一座建在纸上的祠堂么?

　　徽州号称"东南邹鲁",这里的人是很讲究家族谱牒的。朱熹曾言:三世不修谱,当以不孝论。他自己率先垂范,亲自编纂了《新安朱氏族谱》,序昭穆、别亲疏,追终慎远、尊祖睦族。徽州历来就有"徽州八大姓"与"新安十五姓"的说法,那都是很有来头的呀!现在黟县绩溪一带胡姓的"土著",哪怕是躬耕于陇田的农人,一直溯上去,没准还是唐朝李氏皇帝的血脉呢!徽州的历史上,曾有过三次大的中原衣冠南迁:一次为西晋末的"永嘉之乱";一次为唐末的黄巢起义;一次为北宋"靖康之乱"后。迁入的大族现在可考的就有五十六个,其中两晋入徽的有九族,唐末有二十四族,两宋之际有十五族。多少名门显宦之家的高贵种子,避祸撒到徽州,斗转星移,都长成了青山绿水间的寻常人家。新安诸姓,程氏为首。其发源地,屯溪不远处的篁墩是也。理学大师程颐、程颢的祖籍在此。就是朱熹,在自叙家世时,也谦恭有加地说:"世居歙州歙县篁墩"。于程氏家族而言,这里该是他们的"耶路撒冷"。我有个程姓朋友,远居京城,与徽州八竿子沾不到边,最近也说祖上是从篁墩出去的,他算徽州人。我哂之:凑什么热闹?他信誓旦旦:有谱为凭,然后如数家珍地娓娓道来,你还不能不信。

真得感激泽永世兄,还有其他我很陌生的兄弟们,把许氏这一支近两百年的藤藤蔓蔓梳理得一目了然。修谱是一件耗资耗力极大的系统工程,各房各支散布在天涯海角,可一个都不能少。一本"豪华"版的家谱,应包括序文、凡例、目录、世系世表、源流宗派、诰、别传墓志、祠堂记、祠规、家规、家训、义田记、墓记墓图,等等。有人在日本见过一本徽州的家谱,厚厚的一大摞子,上书"源远流长"。我们这本是支系家谱,也忙乎了好几年。以前每次回老家,老人们都说自己是河北高阳郡许氏之后,以"高阳旧族"自许。志书上是这么说的:唐代睢阳防御史许远的五世孙许儒,"不义朱梁,自雍州入江南,终身不出"。他的孙子许规,在宋代官至大理评事,定居于歙州,家族由此繁衍开来,但并不是徽州的望族大姓。下汶溪许氏,是哪一门哪一支,已无从考证。小时候,老痴痴地想:那三国曹操麾下的勇将许褚,是不是我的先祖?我可与开国功勋许世友将军沾亲带故?现在看来,都风马牛不相及。即便和歙县那个做八脚牌坊的许国大学士,也没什么干系。

家谱里密密麻麻地排列着几百号人,行行列列都是很讲究的。前辈们或耕读,或经商,或行医,诠释着"几百年人家无非积善,第一等好事只是读书"；后代则都是普普通通的劳动者，我也名列其中，辈分还挺高。怪不得幼时坐酒席，还穿着开裆裤，居然被引至上座。边上不是鹤发童颜的老者，就是胡子拉碴的中年汉子。刚进小学，就被一人高马大的中学生尊称为"爷"。同伴们笑话我：儿子没当几年就做爷爷了。实在受用不起。没办法，这可是铁板钉钉的名分，乱不得。黄山书画院的叶森槐年长我许多，也有些名气。见面称我老弟，我受之有愧。如今一看家谱，也释然了：本来就是平起平坐的自家兄弟嘛。

这家谱看来还要续下去。我辈以降，好像不是那么枝繁叶茂了。计划生育是基本国策，大家都是要遵守的。细读家谱，我突然胡思乱想起来：若干辈后，祖坟冒烟，有一个子孙发迹了，又喜欢光宗耀祖，拿手里的闲钱盖个牌坊、修个大祠堂，把家谱衍变为一排排、一列列的牌位。我兴许也会成为一块长形的小木板，立在一个不起眼的角落里，享受着后人们的祭拜。眼下我挺沮丧的，我的儿子对此等事情不屑一顾，以为是遗老遗少们闲得无聊了。在我家这一支里，他可是"一丁独秀"呀！这不，"香火"正旁若无人地进进出出，嘴里哼着周杰伦的歌：爱像一阵风，吹完它就走……

看 地 图

　　读小学时,我们常常被某位老师"委以重任":埋葬帝修反、解放全人类,把红旗插遍全世界。我们听了既神圣,又惶然,半信半疑的。说这话的老师是个中年男子,歙县人,乡音很重,瓮声瓮气的;话说多了,嘴角两边白花花的,像螃蟹吐沫。他老婆孩子还在乡下,看得出,日子过得艰难。毛把钱的"大铁桥"也抽不起,时不时地拿根旱烟管在"吧嗒吧嗒"。

　　那时没有地理课,世界是啥样,帝修反的地盘在哪,我们一概不知。只晓得伟大祖国屹立在世界东方,家门口的那条河就是新安江,日夜不停地往东流,到头就是杭州城了,那里有个湖叫西湖;屯溪这个小城毗邻江西浙江,都是要翻山越岭过去的。我好像比其他小朋友懂得多一点,还知道过昱岭关就是浙江了,《水浒传》里的宋江与方腊在这里打过仗。有个老人说,方腊就是我们徽州人,姓方的都是他的子孙后代。

　　一个足不出户的小城少年,咋能"胸怀祖国、放眼世界"呢? 于是就去逛老街的新华书店。它在街的西口,离明朝建的老大桥很近。对面是家废品收购站,我们捡到废铜烂铁,都卖到这里,换点小钱买零食吃。书店的门不大,条石青砖罩起来的,估计以前是个大户人家的门厅。里面空荡荡的,除了《语录》与《选集》,别无他物。奇怪的是,既无中国地图,也无世界地图,倒是有一张阿尔巴尼亚地图高高悬着，售价 8 分钱。图的上方，是通栏红字：英雄的人民的阿尔巴尼亚，成为欧洲一盏伟大的社会主义明灯。它的形状，像一个标准的徽州红薯。我知道它的领袖叫恩维尔·霍查，他不大出门，经常来北京的叫谢胡。它的三面被帝、修包围，还有一面是大海。从图上我终于知道了包着它的是意大利、南斯拉夫和希腊。它们都不是美帝苏修啊！看来都是跟班的小兄弟。

　　我把"阿尔巴尼亚"买了，使之成为斗室墙上的唯一装饰物。我经常上上下下地打量这个国家。它让我对一首歌有了具象，歌名不详，歌词曰：北京地拉那，中国阿尔巴尼亚……徽州汽车运输公司有一个文艺宣传队，人才济济，与当地的文工团有一拼。节目里也搞些噱头，大合唱最后一曲来个阿尔巴尼亚歌。一群男女激昂有力地唱着，下面听不懂唱啥，先是静场，没一点声音，然后是暴风雨般的掌声。那时，可算开了一个大大的洋荤。打拍子的指挥短小精悍，大鼻子，眼眶深深凹进，完全是我们想象中的外国人模样，因此常常被围观。

　　从图上，我知道了好些个阿国的城市及其方位：都拉斯、发罗拉……进而还知晓了该国的治国理政方略：革命化、军事化、要塞化。这要塞化是如何化法的，则不得而知。几十年后，听去过的人说，当地还残留了总数五十万个的地堡，像一口口倒扣的铁锅，或者是一只只静止不动的大乌龟，趴在那里窥视着周围的一切，里面不是注满了水就是长满了草。也有一些被改成了青年旅舍，颇受世界各地来的背包客欢迎。

　　半年后，又买了张中南半岛地图，当时也是世界的热点。关乎胡志明伯伯、西哈努克亲王、阮文追、B52 轰炸机……世界一下子变大了，越老柬，新马泰，还有缅甸。报纸上，经常登那里抗美救国的故事；有了图，你就知道了那个叫"鹦鹉嘴"的地方为什么打得热火朝天；为何在波来古要血战一场。我对西哈努克挺有意见，国内打得那么艰苦，您老人家带着老婆却在中国游山玩水，吃好喝好。还有那个歪脖子的宾努亲王，一大家子跟着跑。

少年记性好，几乎过目不忘。去年合肥兴起游柬埔寨热，直飞暹粒。一说，我便知这是离吴哥古迹最近的地方，还顺便报出了一串地名：柴祯、波罗勉、磅同……

旁人听呆了：怎么说起来像是自己的姥姥家？其实，当年我说起红色高棉的领导人也是如数家珍的。万万没想到的是，他们竟杀了那么多的人。那个叫波尔布特的"一号领袖"，肤色面相嘴唇看上去，真像一个忠厚老实的种地农民大哥哦。

疗　痔

　　终于决定去手术疗痔了。二十余年了，虽无大碍，不爽也是经常的。朋友们约我吃喝玩乐，只能诳之：出门开会了，去了一个不美丽的地方。

　　医院肛肠病区的气息很特别。一进去迎面三三两两的人皆宽衣大裤，步履呈外八字蹒跚而行，大多愁眉苦脸。见我怯生生地张望，便挤出涩涩的笑。明日之我，也会被修理得如此这般？惶恐之感油然而生。费了周折，托了人情，退却是决然不可的；更何况愈后的诸多好处，也是相当令人向往的。

　　手术不复杂，何况主刀的主任水平很高。清晨灌肠，尾随护士进手术室，自行上台面侧卧；消毒、局麻，已经开始动作了，我却不知晓。伴着镊剪等金属器具的声音，医护们边做边聊，气氛相当轻松。说到了我们共同熟悉景仰的一位革命先烈，当年在敌人的刑讯室里，被严刑拷打的就是这个部位，依然坚贞不屈。此处神经分布最丰富，乃人体的最痛点，极难忍受的。幸亏有麻药，当下我能泰然处之，还能想想术后吃喝点什么；也幸好没生在战争年代，否则肯定是个罪大恶极的叛徒——甫志高、王连举之类，党和人民的事业不知道要遭受多大的损失。

　　难挨的时刻终于到了。术后六小时，麻药的劲道过去了，插了镇痛棒似乎也无济于事。那痛开始如涨潮的水，一波波地缓缓推进;然后便是钝刀子割肉般的可持续、不间断,且有跳动感。翻身、辗转,极想寻得一个减轻疼痛的体位而不可得。无奈,只能求助镇痛针,时已零点。五分钟后,痛减,又五分钟,睡意浮起,然后朦胧浑然。三小时后,痛中醒来,旧态复发,那针是决然不可再用了,只能浅浅叹吟。对面的病友鼾声如雷,一高一低,倒也错落有致。他早我五天手术,耐受性亦强,我好羡慕:何时才能进入他的境界啊!?窗外寒月孤照,疏星残挂,分明是在冷冰冰地嘲笑我这无用的家伙。我也自怨着:怎么想着动这一刀,真是个"大骨呆"啊!(徽州土话,傻子)

此种日子竟周而复始了一周。好在每天有一瓶 250 毫升的镇痛药水滴注,保证白天六小时疼痛可控;入夜再有一针,一般在下半夜注入。我很担心是否成为一个不可救药的"瘾君子",影响今后美好的生活。医生笑曰:不会,黑暗即将过去,曙光就在前头。此语大好,助我意志力、耐受力坚强。

每每睡前浮想联翩,不乏历史文化、人生理想。人的一切乃无数个零,唯在零前加一才意义无限;一,身体也!如此浅显道理,却有多少人执迷不悟。我在痛并苦恼中有所悟,恐怕也难免好了伤疤忘了痛。又想到晚清的曾国藩,他在平定太平天国后,愈发低调与消沉。世间大都归于曾氏学养深厚,洞穿时事。其实不尽然,身患癣癣,终日奇痒无比;加上高血压眩晕,生活质量肯定大有问题,军国大事能有兴致吗?身体是事业的本钱,英雄草根莫不如此。伟大人物亦是血肉之躯,七情六欲,吃饭睡觉拉屎如何,没准也会影响历史进程呢!

住院的日子在苦恼中单调地打发。治疗很简单,每天换药输液耳。晨八点,患者皆在病房门口,眼光殷殷期盼着上班的医生能光顾一下自己的臀部。医生们含笑点头,脚步却不能停下。一切要按流程走,早会得要开完。八点半后,人们向换药间集聚,几个一批轮序入内,时有嚎声传出,让人头皮森然。一女医生医术医德都好,一圈男士拎着裤子绕台而立,等待修理。有一男由衷地说:

我们都是你的粉丝。

两年前的那次住院，我曾被医护人员众口誉为彬彬有礼的好病人。因为疼痛并苦恼，此番我的形象大大破损。譬如我对护士的态度就相当不亲切友好，表现在打针、输液、量血压、测体温诸环节。我的表扬语通常是：真是个好孩子。上次用了不下十次，这回仅说了一下，而且很勉强。好在与同室的病友相处甚好，同是天涯沦落人，自然相看两不厌了。前一周与一肥西病友老M共住，说着说着，我俩竟有三五十个共同的熟人。亏得他无怨无悔地听了我几夜的"咏叹调"，见证并抚慰我之痛苦。他先我出院，依依惜别，至今仍每日电话，互相祝愿日益健康并长久健康。

后一周与淮北的小L相守。他貌似高仓健，好酒，一天两喝，一斤多的量。如今收治于此，与我为伍，颇有虎落平阳、龙滞浅滩之感。但嘴是不闲的，很响亮地咀嚼，客观上也调动了我的食欲。他馈赠我青皮大萝卜，带壳花生，说依次食入，理气效果甚好。高仓健乐观、豁达，属性情中人，最后几天嘴里实在淡出鸟来了，便出去到小酒店吃喝，当然酒是动不得的。他邀我以后去他那里吃狗肉，喝羊肉汤，我欣然应允，也能领略一下他在酒桌上的风采。

住院十天方出院，又一周后去换药，竟没有一个患难与共的熟面孔了；往住过的病房里偷窥，引来几对疑惑的眼光。恍恍然有所失，悄悄然而离去。

起　塘

人迹板桥霜。腊月里的霜，很厚重，原本裸露的田地，一夜之间，洒上了薄薄的一层晶莹。太阳还没露头，桥上的霜在川流的脚步下荡然无存。起塘让全村的人在猫冬的日子里起了个大早！

那塘差不多有五亩，在板桥那边的溪滩上。在"农业学大寨"的岁月里，塘是生产队的，每年开春后都要投放些鱼苗进去。尽管喂养得很不精细，可到头来都有几大箩筐欢蹦乱跳鲜鱼的收获。凭着这口塘，家家年三十的饭桌上都是"年年有鱼"。说起来也怪，这塘允许村里村外的人垂钓，可没有任何人能从里面钓出一丁点鱼腥，白白浪费了许多蚯蚓、面团什么的。此时的鱼塘上面漂浮着一团团浅浅的雾霭，靠边结着薄冰。人们三三两两地散布在塘周围，妇女和老人手里拎着火篮，镂空的铜丝盖上，温着一大张腌菜苞萝果，焦黄焦黄，那是做"当头"（中饭）的，很耐饿。

乡村这时很松弛，显得懒懒散散。好在老天爷安排了一个年，枯燥乏味的日子于是变得生动鲜活起来。杀年猪、点豆腐、做糕点……起塘无疑把年气提升到一个最高潮——仿佛是全村人的盛大节日，人们岂能不好好受用？更何况那红烧鱼又是年夜饭的一道大菜呀！

太阳有三竿高了，起塘的主角们一身破烂地在众人仰慕的目光中走来：队长、会计、八九个精壮的后生，黑棉袄，腰间大多扎根草绳。抬着水泵和长长的塑料水管——有了这玩意，起塘可是容易多了。早些年,是要靠脸盆、脚盆一盆盆舀干水,方能下塘捉鱼。后生们拉线架泵,水管一头一头伸进塘里,另一头则甩进板桥下的小溪里——它已几近干涸,裸露着光光的、大小不一的鹅卵石。岸边间或有几尾枯黄的芦苇,在寒风里瑟瑟作抖。

水泵一开,声音开始瓮声瓮气,继而高亢尖厉,惹得村里家家门大开。人呀、狗呀、鹅呀、鸡呀,一路奔来,迅速在塘边形成了合围之势。抽了一会儿,原本静静的塘面上泛起了几圈漪涟。眼尖的看见了几张鱼嘴贴着水面在呼吸。"啪"的一声,一条大鲤鱼跃出水面,又落了下去。那几个后生开始脱衣服了,众目睽睽,也忍不住冻得牙齿上下打战,充不了好汉。队长从兜里拿出两瓶白酒,牙一咬,吐出盖子,就递了过去。酒是从公社供销社买来的,八毛钱一斤的山芋干酒,说是北边一个叫濉溪的地方出的,喝一口下去要热血沸腾的。

鱼开始频频地越出水面,此起彼伏,鳞光闪闪。后生用网兜轻而易举地把一条条草鱼、鲢鱼、鲤鱼拿住,随手往大姑娘、小媳妇扎堆的地方摔。鱼在空中划出一道漂亮的弧线,落地了还蹦跳个不停,好几双手都按不住。待到水干泥出时,就要用手在污泥里摸了。每每几斤重的大家伙被揪出时,岸上是笑声一片;没准从手里脱落,溅起一片泥水,又是一片嘘声。

突然,翻出了一个圆圆扁扁的玩意,后生一挥手,像投掷铁饼一样,扔到岸边好远的草滩上。一大帮孩子蜂拥过去,原来是只大甲鱼。它居然没有被摔死摔昏,正急急地往枯草丛里钻。大孩子用树枝一拨,它便四脚朝天,任人摆布了。这家伙足足有三四斤重,"贵庚"恐怕有不少。反正那年月甲鱼卖不出价,队长也不收归队有。孩子们欢天喜地,围成一圈变着法子折腾。可怜,谁叫它是个王八的命呢!

约莫过了三个时辰,队里的四只大箩筐盛满了活蹦蹦的鲜鱼。起塘的后生们一个个从泥水里拔出,披着破棉袄就往村里的祠堂跑。里面的八仙桌上,一口热气腾腾的狗肉火锅正候着呢!那锅是生铁的,直径足有二尺宽。浓浓的汤上,漂着一层红红的干辣椒。另外,还可以挑一条最大的草鱼红烧,这是多少年下来的规矩。酒是自家酿的米酒,入口绵甜,后劲蛮大的。几瓦罐放在桌上,管够。大家边喝边侃,说些乡村荤事,还要行令划拳,这顿酒非吃到月上观音山不可。

鱼塘边则开始了分分拣拣了,大小搭配,每户五斤。会计是回乡的高中生,村里的最高学历。国字脸,头发一边分,上衣的口袋里总插着一枝大大的黑色"新农村"牌钢笔。考了两次县剧团的男演员,都被刷下来。每年都是他掌秤,每次都要做手脚:村东头胡寡妇的鱼就是要大一点、多一点。众人自然不满,却又奈何不得。胡寡妇自己从不露面,总让她几岁的儿子来。那孩子拎着篮子,拖着永远揩不干净的鼻涕,全然不知大家一个劲地叫他朝会计喊"爹"是啥意思。

鱼塘现在是大片污泥,少许浊水,那些鲫鱼、泥鳅还隐身其中。队里不管,谁摸到算谁。男女老少一窝蜂下去,里面就像开了锅一样热闹。漏网分子拼命往泥里钻,怎奈何人民战争的伟大力量。只是泥鳅太滑,刚揪住它的尾巴,就溜得无影无踪了。人们干脆把大块的污泥抛到岸上,然后在里面细细寻找。这玩意泥腥太重,在街上卖不掉,只能自己吃。用红辣椒、大蒜叶透透地烧,然后打几块自家做的豆腐进去,那味道也是鲜美无比的。

太阳在西山头悄悄地拽回它最后的光线,风变得冷凛起来。人们恋恋不舍地从鱼塘离开,拖泥带水地走过板桥回家。喧腾了一天的鱼塘迅速地寂然无声,稀稀的塘泥开始干硬,很丑陋地敞向天空,期待着来年开春的雨水,重有如镜的容颜。袅袅的炊烟生动地在村庄上空飘忽,一阵阵鱼腥味由远而近。家家主妇把分到的鱼开膛破肚洗净,挂在堂屋正梁的雕花铁钩上——那可是当年喜庆时大红灯笼高高挂的地方。昨夜星辰昨夜风,如今是任何老猫都叼不到的场所。一家老小进进出出都眼巴巴地望着,年三十只能吃一条最小的,大的还要留在正月里待客啊!

剃　　头

　　宿州的吕士民先生曾作画一幅,画面简洁诙谐:不知在哪个村头街边,一个剃头匠拿着推子,朝着一个孩子的脑袋正欲下手;那孩子围着布,很委屈地坐在条凳上,哭丧着个脸。我喜欢这幅画,对那孩子颇为恻隐。一如这幅画的题字:小时候,我最怕剃头。

　　那时候剃头是在户外作业的,四乡来的剃头匠一副挑子就在屯溪老街前的新安江边一字摆开,那长长的一溜足以使几十个脑袋旧貌变新颜。他们好像是一个师傅教出来的:成年男子都修理成了"三七开",看上去就像电影《地道战》《地雷战》里的汉奸;男孩则一律"马桶盖",头顶上乌黑黑的一片,四周则剃得白花花。平日生意不清不淡,一进腊月,就火爆得不行。当地有风俗,年前剃头洗澡与办年货、写春联一样重要。我挨不过这一剃,二十八九了,才悻悻而去。尽管立春了,天还挺冷,肮脏不堪的围布圈上脖子,那冰冷、潮湿和油腻腻零距离地触到皮肉。想动弹,脑袋上"啪"地挨了一记,推子就"嚓嚓"地过来了。风呼呼地刮着,头又缩不回,一个大喷嚏,两行鼻涕夺门而出。回收是不可能的,只有呈悬挂状。头低着,可以看见江上漂过来一群鸭子。它们看上去快活、自由,响亮地叫着。我好羡慕,那时候哪知道"春江水暖鸭先知"什么的。好在小孩子剃头速成,看见那剃须刀在宽皮带一样的东西上来回刮动,我便知道这是"黎明前的黑暗"了。剃头匠一弹我的脑勺，叫一声"下一个"，我就如同得了大赦令，付了钱，顶着个"马桶盖"就往卖鞭炮的摊子上跑。大年初一，早早地起来，新头配上咔叽布的新衣新裤，乡气十足地到处闲逛。

夏天的感觉要好多了。傍晚去剃头，完事后来不及拍去身上的碎头发，就顺着岸边的石阶"扑通"一声跳进新安江。水很湍急，一个猛子可扎小半里远，出水已快到家门口了。湿漉漉地上岸一看，西边的太阳像一个大红灯笼挂在老大桥的桥孔中间，江水如同碎金一样。这一点惬意的感受，远远不能改变我在整体上对剃头的害怕乃至恐惧。因为在我们孩子圈里，流行着"新头打三下"的风气。谁头天剃了头，第二天上学，一帮孩子要逐个地拍打你的脑袋。出手狠的，叫"吃板栗子"，即用中指的关节头使劲地敲。几个人的"板栗"吃下来，足以让你头晕眼花。我即便是抱头鼠窜，也每每难逃一劫。被人修理过后，蹲在地上嘤嘤而泣，可怜之至。

进初中了，剃头就此告别了江边的摊子而登堂入室。那店就在老城的一条巷子里，因与著名的"程氏三宅"靠得近，也就有了些许古风。印象最深的是那几把龙钟老态的理发椅，尽管锈迹斑斑，人坐其上，或升或降，或起或仰，还舒服自如得很。这玩意今天在城里几近绝迹，偶尔在乡村的剃头店里才能一睹尊容。店的正梁上方，挂着一张大如席子的布幔，有绳牵引至滑轮。平日是卷起来的，一到夏天，就徐徐展开。墙旮旯里有一个孩子一张一放地拉着。店堂里轻风缕缕，顿生出丝丝凉意。只是苦了那孩子，他双手不停地做单调的机械运动，一副苦大仇深的表情。

这店生意不错，来了要等好一会儿。于是我看到一个小青年把头吹成了大波浪，涂上许多劣质发油，好光亮，苍蝇上去都要打滑；一些"少儿不宜"的话题在几个中年男子之间无所顾忌地交流，惹得一个女理发师嗔骂他们，引起一阵哄笑。我心跳耳热，只好把眼光投向外面。对面是一个烧饼店，卖的是当时在屯溪颇负盛名的"蟹壳黄"，馅是用五花肉丁与梅干菜糅成的。烤出来的香味飘满一巷子，很诱惑人的。我只有咽口水的份，袋里一角五分钱，仅够"剃资"。一个烧饼五分钱，总不能剪个阴阳头回家吧。

好在巷口还有一个烤山芋的摊子，烤出来的山芋又绵又甜。于是我便和剃头师傅商量，免去洗头这一项，省下三分钱解解馋。师傅善解人意，成全了我。我高高兴兴地出门，欢欢喜喜地买个大山芋一路吃起来。从此，剃头再不是一件让我厌恶的事情了。

投　　稿

那时，当下的时贤大多潜伏着。莫言先生恐怕还叫着管谟业，文学少年一个。在高密，看了电影《列宁在1918》，别出心裁地改编成了当地的茂腔，叫《列宁传》。有几句唱词流传：列宁同志很着急，城里粮食有问题。马上去找瓦西里，赶快下乡搞粮食。他正好年长我一岁，我也正痴迷文学。只是父亲甚为焦虑：长此以往，这孩子肯定是个一无所长的"客里空"，弄不好要冻饿街头的。身为徽州老中医，他笃信天底下最好的职业是医生，盛世乱世都是须臾不可或缺的。

我不为父亲的危言所动，依旧不可救药地坚持自己的所爱，并在一段时间里急切地寻找一种表达及证明。具体说来就是把自己的名字及"涂鸦"转变为铅字排列出来的那股子亢奋。诱因强大而具体，一本叫《安徽文艺》的杂志登了一篇散文，作者是屯溪某厂工人阶级一员。这肯定是这个小镇文化生活中的一件大事，至少在我心里翻起无限波澜，并让我对他至少保有了三年以上的崇拜。只是无缘与之相见，即便见着了，我恐怕也是嗫嚅而已。他在小镇上颇有些名气，有一次，一群人在街头行走，有人指着头里的一个说：喏，那就是某某某。我看过去，其人个头不高，众人里却显得很有气场，正挥着手，急切地说些什么，有指点文坛、激扬文字的"范"。七八年后，我已为人夫，才知道他很早就是岳父大人的好友，此时已远走南方了。

　　《安徽文艺》在省城，太高远；小镇上有一份《屯溪文艺》，在公园里文化馆的楼上，我曾给它投过几次稿。奇怪的是，于个人而言，也算是一桩神圣庄严的事情，怎么做起来就像偷鸡摸狗似的。总是石沉大海，沮丧后，我开始反思原因：是稿件质品差还是誊写不够工整？也许是用的笔名过于宏大，什么"翔鹰""扬帆"，这是你一个初习作者能用的吗？明显的好高骛远嘛！我继而到文化馆前后转悠，想见识一下操着"生杀予夺"人物的音容笑貌。

　　一位人称"L老师"的，气度不凡。听说他毕业于某大学艺术系，学音乐的。书生模样，但不孱弱；身板直挺，闪闪的眼镜片后面透着睿智。夏天挺括的白衬衫总是折在裤腰里，袖口是扣着的；春秋天的夹克衫都是米黄或淡青色，而且是立领的，皮鞋擦得干净。他整洁、清爽，一种自来的洒脱，绝对不逊于今天电视上出现的余秋雨、易中天诸先生。此公编歌词、作曲、写文章，是通才。我热切地希望能得到他的教化点拨，可终归是未遂。

　　终于我的一首诗《放排工》被学校推荐去了《屯溪文艺》。这是组织行为，推荐信上是加盖了公章的；自以为写得可以，至少开头的几句不比莫言先生的唱词差：驾一条长龙，踏一江春水。犁千顷波涛开，碾万朵浪花碎。收尾也是很符合那时的政治文化情境的：祖国的高楼大厦啊，就建在放排工火热的心窝内。学校老师告诉我：排上了，就在这几期发出来。那些等待的日子里，我深切地感到：人生最大的意义就在于你希望的东西在向你一步步地走近、走近。它是半月刊，也就是几张印刷纸，每逢月末月半出。从来没有如此魂牵梦绕的事情，以至于我每月总有那么几天在文化馆外的玻璃橱窗前流连徘徊，极其关注着新贴出来的《屯溪文艺》。春去夏来秋至，旧人新作，新人新作，我的《放排工》了无踪迹。

　　当那年的第一场雪纷纷扬扬飘落时，我踯躅在橱窗前，看到岁末的最后一期，心冷却到了冰点。此事我居然纠结了四十年，以至于今年的一个饭局上，遇见《屯溪文艺》N任主编程鹰先生，我悻悻发声：贵刊还欠登我一篇稿子呢！程先生茫然：这是哪年哪月的事啊？

嬉　水

徽州古来尚文，许多方言说起来也是文绉绉的。看叫作"瞠"（瞠目结舌），玩叫作"嬉"：嬉水、嬉牌……一个人长得人高马大，没见一点出息，往往被人戳脊梁骨：嬉心太重。

新安江从大山深处跌跌撞撞地走出来，脉络丰富，支汊众多，它的两条重要支流横江与率水在屯溪汇合，水面陡然开阔且舒缓起来。从老大桥到长干塝的一带江岸，是过去屯溪的繁华所在。上马路、中马路、下马路、河街，还有一个个头伸到水里的水埠头以及酷似凤凰古城的吊脚楼。那时新安江来来回回的船很多，童年的我，看惯了船上的白帆。顺水船，风一起，高高的桅杆上就呼啦啦地扯起了一面大帆，鼓鼓的。风吹帆动，船一会就在远方淡云轻岚的山水连接处变成一个黑点，犹如丹青大师泼墨《新安山水图》时，不经意的一点闲笔。

上水的船要靠纤夫拉的，一般是在春夏两季，十几个甚至几十个男人呈散兵线，背着纤绳，短裤短褂，草帽草鞋，低着头弓着腰，沉默无言，一步步吃力地蹬走着。一个个精瘦精瘦的，小腿肚青筋暴起，如同爬满了蚯蚓。多少年后，看到胖乎乎的尹相杰手舞足蹈，乐不可支地唱《纤夫的爱》，心想：这是哪门子事啊？

嬉水一般是对小孩子而言的。它使一个个漫长的炎热夏季在孩子眼里变得好过好玩。当然，于家长而言，这是一段提心吊胆的日子,哪年江里不淹死几个孩子！嬉水与防嬉水的斗争往往很激烈地进行。许多孩子整个下午泡在水里,黄昏时才仰躺在草滩上,看着满天晚霞,慢慢把自己晾干,然后若无其事地回家吃"乌昏"(晚饭)。大人可不是那么好糊弄的,用手指在你背上、胳膊使劲划几个来回,一旦显现出若干白痕,孩子的头上至少要吃狠狠的几记"板栗",厉害的就是一顿劈头盖脸的猛揍。

我是过来人,"家暴"诚可畏,嬉水更诱人,更何况这种与大自然的亲近是那个年月孩子的天性。最开心的玩法就是从老大桥沿新安江往下游的木器厂方向漂流。桥是明朝建的,五百年了,身子骨还那么硬朗。桥墩太高,没几个孩子敢从桥上往深不可测的水里跳。我们一般是让湍急清澈的流水很轻松地推着走。到了阳湖滩附近,水势平缓,江面上泊着一溜子两头尖尖的乌篷船,偶尔也有几个渔排,上面立着东张西望的鸬鹚。

我们一帮小孩喜欢在水里扒着船帮,窥见船家的私生活。我们纯属好奇:一大家人,在那么狭小局促的地方,如何吃喝拉撒？男人都黑黝黝的,很健壮;头发一律像瓦片一样盖在头上,脸大多是方方正正的国字脸,脚板底很平整。男孩喜欢在颈脖上戴一个亮晶晶的铜项圈。有一次很糟糕,正好看到了船娘很端正地坐在红漆马桶响亮地小便。船老大见状,怒不可遏地挥舞着大竹篙扫将过来。我们吃了一惊,像青蛙一样扑通扑通掉进水里,一个猛子扎出二十米开外,然后在水里露出头,齐声大喊:你老婆的屁股又大又白！

那时江面上竹排木排经常成群结队地衔成长龙,大摇大摆地顺流而下。新安江上游多为崇山峻岭,木竹茂盛,水路运输成本很低,放排工披星戴月,餐风宿露,可没有想象的那么惬意。不过他们在我们眼里可是威风凛凛的,立在排头,挥着丈八大篙,像个大将军。我们湿漉漉地从水里爬上去,拨去头上身上的一缕缕水草,张开双臂,在排上与水流作逆方向奔跑。水走排走我走,夏天的风轻抚着身体的诸多部位,很爽的。于是快活地大喊大叫,得意忘形,目空一切。一不小心,会跌进水里。呛了一口水,待你探出头来，排已逶迤着离你远去了。你可以游到岸边的水埠头，在被江水长年冲刷开的石头缝里，掏掏螺蛳、小螃蟹什么的；或者用稻草结成长长的拖子，几个人在相对平坦的浅河，去拖捉寸把长的鱼虾。不幸的事件也不完全是小概率：如果你被吸在排底而不能出，又被水草绊住，溺亡的悲剧就会发生。

"游泳"这个词太普通话了，我们管叫"划水"或"下溪"，生长在江边的孩子没有不会的。野路子学的，都是从"狗趴"启蒙。倒真出了几个高手，被选拔进了市里甚至省里的游泳队，一个夏天几乎见不到他们。有一天，他们出现在水埠头。下水前，集体做起了操，甩手伸腿的，说是把身体活动开。下身不能再短的游泳裤，把敏感部位包裹得紧绷绷的；让我们羡慕的是他们的背心上印着"徽州""安徽"的字样。一下水，游姿、速度则更让我们赞叹不已，手脚拍出的水像绽放的花朵，又像一锅煮开的水。我们更愿意听他们讲游泳队里的见闻，说得眉飞色舞，听得津津有味。最让我向往的是他们一天的伙食费居然高达两块钱，鸡蛋、香肠、红烧肉随便吃，饭后还有苹果、橘子什么的。真是个嬉水的好地方啊！

大人也嬉水的，名头很大：到江河湖海去锻炼。有那么几年，几成全民运动。新安江终归是钱塘江的上游，且季节性很强，夏天久不下雨，也有枯水的日子。每年的那天，数以千计的大人，列成诸多方阵，冠以"工人""贫下中农""干部""教师""民兵""基干民兵"……在老大桥下鱼贯入水。精神饱满，情绪昂扬，标语牌、彩旗均绑在汽车鼓鼓的内胎上。最大的一个牌子有几十米宽，上书：人类社会是在大风大浪中成长的。水太浅，大多不过肚脐眼，有的地方简直是在蹚水。他们很整齐亢奋地喊着口号，岸上看热闹的我们一点不觉得过瘾。

不过有一次倒很吸引眼球，下水前队伍在老城区游行一遭。走在最前面的是徽州青少年游泳集训队。男男女女几十人，皆穿游泳衣。人们奔走相告，街道两旁人山人海。队伍过来时，皆屏息静气，目不转睛。被观者，呈十分羞涩态。光天化日下，暴露得太多了。有泼皮直嚷嚷：某某真细皮嫩肉，就是左臂上有块小疤。

养　鹅

老母鸡抱窝，时辰到了，半夜里会有一片轻轻、脆脆的啄壳声。天一大亮，就看到有一个蛋壳破成两半，阴差阳错，里面竟钻出只小鹅。

刚开始的时候，老母鸡对这个另类还能一视同仁地施以母爱。小鸡们一旦可以跟着母亲后面叽叽喳喳地行走、觅食，小鹅便遭到了排斥。老母鸡显然不喜欢这个个头大一点、嘴巴扁一点的家伙老在后面摇摇晃晃地跟着。它会不时地从头里赶过来，呼拉翅膀，意思是再明显不过：把你孵出来就算对得起你了，可别想让我抚养你。小鹅看着鸡妈妈带领着一帮子女欢欢喜喜地渐走渐远，很委屈又无助地嘤嘤了两声。恰有一阵风吹过，几乎要把它刮倒。

我见之，顿生无限怜爱。那时我是小小少年，无所事事，空虚。常常整整半天地看蚂蚁搬家、麻雀打架；长时间地跟踪一只狗，最终却发现它跑到厕所里吃屎。于是，我自告奋勇地要养这只鹅。

我首先得让它和鸡们"分居"：找到一个废纸篓，垫上一把干稻草，就变成了一个挺舒适的"鹅巢"；然后在养狗的老黄那里，要了一大筐细糠，并确定了一个能源源不断地捡拾到菜帮菜叶的地方。把它们剪得细细的与细糠拌在一起，这是小鹅最好的食料。忙碌了几天，重复做下来，未免觉得枯燥。好在小鹅每天都有变化，看到一个生命在自己手里成长，也是一件乐不可支的事情。它很乖巧,见了我总是摇头摆尾,然后用嘴轻轻地凿我的手指,目光里透出一种不解世事的清澈。

小家伙渐渐地出落得有模样了。脚干挺拔,脚趾有力;一张嘴也变得坚硬,声音也高亢起来。当翅膀抽出第一根硬毛时,我就带着它第一次野游。我从竹林里折下一根竹子,梢头留着叶子,扛在肩上,与它一前一后走出自家的院子。我走得快,它就碎步并作小跑地尾随着。"文革"时期的校园很荒芜,大操场漫长着碧绿的草,靠西的一块,成了水漾漾的湿地。有几根芦苇亭亭玉立,平添了几分野趣。正是春夏之交的傍晚,风有点暖,又有点爽地吹着,我甩下竹竿,仰面躺在草地上;它生平第一次见到这么广阔的天地,快活地直往草地深处钻,然后到水里无师自通地游弋起来。

疯了一阵,便安安静静地寻找自己想吃的东西。西边那条光亮的红带渐渐隐退,天空一点点地变得湛蓝、透明,四周静悄悄的。鹅突然停止了吃草,伸长了脖子四下张望,像是在聆听远处草丛里偶尔发出的一两声虫鸣。它大概是站累了,在水边一只脚缩了上去,另一只单立着。那暮色下的剪影,怎么看都挺生动。

整个夏天,我都在放鹅的惬意中度过。当第一缕秋风悄然而至时,它已变成了一只通体雪白的大公鹅了。高高大大的,一双翅膀张开,足足有一米多;一扑腾,能带起一阵风。它一旦引吭高歌,鸡们鸭们都会屏气不作声;走起路来,昂首挺胸,趾高气扬。我很见不得它那副傲慢的样子,它怎么就一点不会谦虚谨慎?更何况我不喜欢体积大的动物。

它看出了我对它的冷淡,郁郁不乐,先是在角落里闷闷地发呆,后来就常常站在我家门口,一见来人就叫个不停,赶都赶不走。邻家的孩子见了它则吓得直哭。有一天,它突然朝我猛冲过来,用嘴狠狠啄了我的脚后跟,留下一块青紫。我慌忙拿起一把扫帚,与它周旋起来,直到大人来硬把它赶走。我很伤感,也很沮丧,莫非这就是对我养育之恩的回报?大人们则说它已经变态,心理生理都不太健康了。原因无非是缺乏伙伴、孤独抑郁，等等。

　　他们想杀了它，腌起来开春后蒸着吃。我又死活不干了，最后的妥协是用它换了五斤鸡蛋。来的老乡手劲大，很娴熟地拎着它的脖子就走。它又扇翅膀又蹬腿的可怜样子，那渐去渐小的嗷嗷的叫声，作为一个颇为感伤的细节，长时间地留存在我的记忆里。

一年的自由散漫

2016 年，我的耳顺之年。

开年不久，就是生日。我早早起，思念带我来到人世间的父母，那年今日雪后初晴，红装素裹的大气象，却没有造就一个人物出来。短信纷来沓至：证券公司、房产公司、保险公司、银行……皆是董事长或总经理偕全体员工恭贺。我笑，恕不能一一回复。正是周末，妻儿懒觉至十时许，若无其事；我亦神闲气定，随手掂书便看。《活着活着就老了》，冯唐的，读了几页放下了，文字太油滑！

晚上看新闻联播，头条：中央领导慰问老同志，家人仍无动于衷。夜 11 时，洗洗睡了。

二月底，上班最后一天，去办公室，拎走私人物品，钥匙交出，悄然离开。黄山路，一条大路曾经细又长，不知觉中竟走了 34 个春秋。遥想当年的一些夜晚，月亮在白莲花般的云朵里穿行，凉爽的晚风吹来蛙鼓蝉鸣，我与女友在黄山路上很世俗地来来回回，编织着明天的生活，内容基本是柴米油盐。今天不同寻常，怎么着得弄点诗意吧！于是就模仿徐志摩：

> 冬天的我轻轻地走了，
>
> 如同我夏天轻轻地来；
>
> 挥挥手，
>
> 不带走黄山路上一片云彩。

我知道，从这一天，新生活开始了，我要使自己自由散漫起来，与朋友戏言：认认真真颓废，踏踏实实堕落。

散漫从每天高卧做起。确切统计，8点以后起床占全年五分之四。一般5点醒，回笼觉2至3小时。省内某著名作家有言：睡回笼觉如同纳了个小妾一样快活。此境界我难以企及，往往是拥被一番慵懒后起来精神焕发。

隔七岔八做梦。大抵是去考场考数学、物理、外语之类，做不出，作弊未遂，陷于困顿中方醒，汗涔涔。

其次，掼蛋成常态。每周五固定人员与场所，已然成瘾。有人烧饭，有人洗碗，猪蹄鸡爪，肉包煎饺，水果点心，一应俱全。牌桌下狼吞虎咽，牌桌上聚精会神。每每夜半散场，或大雪如席，或大雨如注，或月光如水；一个个缩颈佝背，鱼贯出，分头走，如同地下党离开联络站点。我愚钝，无长进，已沦落至难觅牌搭子之境地。

古人云：读万卷书，行万里路。今人说：活到老，学到老。老眼昏花，一年里尚可读几本书。大多重读：梁实秋的《雅舍小品》，汪涵的《有味》，汪曾祺的《人生漫笔》……皆轻松小文，不喜宏大叙事或思想深沉之著作。新读本土作家许辉的《单独》系列、赵焰的《异瞳》，前者朴拙扎实，后者华美灵动。

下半年，迷网络小说，一部《权谋》每日刷新，亦成我每日必课。写一副县长，在步步惊心的官场，如何披荆斩棘，一步步打造属于自己的辉煌。红颜相伴，跌宕起伏。已经一千多章了，此公也官至省委常委，省辖市一把手。离结尾似乎还遥遥无期，难道要写到当总理吗？

夏天，去美国西部自驾游，不算浩瀚太平洋的一个来回，陆地驾车5000公里，权且为行了万里路。倘若在古代，骑驴驭马，不知要走到猴年马月。

初到美国，发微信，将本次自驾命名"一万里路云和月"。后觉不妥，云月当属英雄，尘土归于小民，离开了本土，也不能乱了名分啊！

原以为在美利坚开车轻松惬意,大谬也。高速路上,总是车流滚滚,速度极快,且很讲规矩。我等在国内开车不拘小节,自由散漫;语言又不通。每每驾车,胆战心惊,汗流浃背,累哉苦哉!

近20天,旧金山、好莱坞、拉斯维加斯、黄石公园皆浮光掠影,印象最深有两处:

一为圣巴巴拉小镇。时为黄昏,小镇正沐浴在夕阳柔和的余晖里,清洁、安静、惬意。在街头寻一露天吧台坐下,观风景,更看人之形形色色。时不时有美少女现身,个个不亚于特朗普女儿;袒露尚有度,一头披肩的金发在凉爽的风中微微拂起。饮料是贵了些,怎么着也要点一杯装模作样,拿在手里慢慢呷。男侍者很帅,愈看愈像贝克汉姆,只是多了些腮胡。

二为大峡谷。尽管很多次在书中网上目睹其雄姿,眼见为实,震撼不已。科罗拉多河发源于落基山,恣意冲动2320公里,刷凿出一系列的峡谷,而大峡谷则是这个系列作品里最瑰丽、最壮观的一章:400多公里长,平均宽度160公里,最深处1829米,为"峡谷之王"。千秋万代,万态千姿:尖耸如塔,平积成滩;孤峰孑立,洞穴天成。尤其是谷壁地层断面,纹理清晰,层层叠叠,如万卷诗书构成的书架矗立山间,又如腾腾细浪波动迁转。

一年里,常回故乡徽州。春赏菜花,秋看红叶已成规定动作。今年往返10趟,与几位少时同学在乡村租了一农家小院,群山环抱,小溪潺潺,菜地茶园竹林俱全。说"诗意地栖居",显然抬举了我们,老了抱团取暖也还没到那个时候;无非想择一处云淡风轻、鸟语花香的僻静处,以抚慰渐渐老去的身心。

在此吃喝几回,大锅柴灶,鸡鸭鱼肉,淋漓酣畅。也种瓜种菜,收获甚微;装模作样劳动,花拳绣腿干活,当年的插队知青,"武功"几近全废。

乡居须有名号。"雅舍"已是梁实秋先生专有,"瓦房"亦为崔岗谢氏所用。至于"柴院""上水荷塘""禾泉农庄"等等皆名花有主。剽窃之事不为也。它终归地处榆村,二字的左偏旁均为木,房东又姓林，就叫作"双木小筑"。

桃红柳绿时，曾"拐"四女士同游徽州。不糜钱财，去不收门票的地方，吃每顿不超过一百几十元的饭菜。徜徉于油菜花中，流连在山间溪畔，看春风，听流水。来往路人侧目指点：这男子好生"艳福"；颇有徽州员外之遗风，尚缺一小厮。

一家之中，唯我"歇菜"，诸多家务，舍我其谁？早年受王安忆《家务》一文点化，笃信：任何时候不要忘记操持一份家务，即便是简单的扫地抹桌，亦是我们通俗易懂活着之理由。许多事实也证明：能做家务的男人，一般不会坏到哪里去。

当下家务已大大简化，买菜烧饭凸显。我每两天去菜场、每天烧一顿饭已成定制。特置竹篾编菜篮一只，元宝形，遂成菜场出出进进唯一拎篮者。一次五颜六色荤荤素素沉甸甸。日子久了，菜场诸贩子似乎都认识了这个不砍价、不看秤的主。一肉摊老板已与我熟稔，老远便唤我，成交后还笑吟吟地补一块与我。我窃喜，以为占了便宜。

11月，孙子呱呱落地，从此，身不自由，心仍散漫。身心合一，难也！我是唯物主义者，不太相信"生活不止眼前的苟且，还有诗和远方的田野"之类的文艺腔，权且当一段孙子，再择机"突围"吧。

岳父旧事

一

岳父祖上阔,苏州大户人家。

其父早年留学日本,民国初年苏州名士。办教育,兴昆曲,开风气之先。膝下有四女两男,岳父最小,宠溺有加。少小去学堂,拒人力车接送,每每坐家中一人高马大男仆脖颈上往返,招摇过市。

冬天,有小皮袍上身御寒。喜嬉小动物。在皮袍上方夹袋里,常放小松鼠一只,它袖珍,仅半尺,上课时拿出把玩。

二

成年后,在上海读大学。思想左倾,1947年遂离校去投奔浙东四明山中的共产党游击队。家人不知所踪,以为潘家这支从此断了香火。

1949年初夏,他突然从天而降至上海家中,已是"共军"某连队指导员。作为当年的叛逆、如今的解放者,煞是精神:一身粗布军装,武装带,驳壳枪,很有些"革命成功把家还"的得意洋洋。在资产阶级的客厅里,高谈阔论新中国,弄得一帮子资本家及其眷属一惊一乍。当然,也喜悦:浪子终回,而且是胜利者中的一员!

我见过岳父刚进城时的照片,颇像电影《柳堡的故事》里的班长。

三

二十世纪八十年代初,我看上他女儿,谈恋爱。

第一次登门,紧张。假装爱读书,夹一本"砖头厚"壮胆。夏天,衬衫领口紧扣。

未来岳父刚从省城学习回来,很看好思想解放、实践是检验真理唯一标准讨论,乐观中国有希望。当年他投身革命很纯真,新中国诞生那天,正在浙东剿匪,在山头上看红日冉冉升起,欢呼雀跃。新中国成立后,坎坷,心不死。一个理想主义者对美好社会的渴望是我辈难以完全理解的。

未来女婿第一次上门怎么着也要淡化政治,说些家常。非也。近两小时,他老人家滔滔不绝,侃侃而谈家国大事,容不得我半句。嗜烟,袅袅烟雾中依稀见神采飞扬。

我打量屋内四周,很零乱。摆放全然没有章法,痰盂里估计还有昨夜的剩物。充当烟灰缸的器物有六七种:茶杯盖、饭碗、眼镜盒……

中午不留饭,我有思想准备。他家好客,常常请人来家吃聚,饭点到了,才想起还是冷锅凉灶。

出门,倒是轻松。如此一个豁达倜傥的泰山,也是难得。只是担心:此人家若遗传基因强大,这以后的日子怎么过得下去?

四

在 20 世纪六七十年代,按收入算,岳父家的日子当为小康,四口之家,人均已 40 元。

不会持家,常常窘迫,又喜做一些古道热肠事。一年,有人上门借五块钱,实在是囊中羞涩了,岳父便说钱都存在银行里,取来给你。出门转悠到朋友处,借了钱接济了人家。妻那时在农村插队挣工分,一年到头风里来、雨里去,年终分红得 18 元,还有养猪分的一挂肉,自己种的花生、黄豆,乡亲送的鸡蛋、干菜……年三十回家,被视为及时雨、雪中炭。岳父云:就等着你的钱和东西过年呐!

五

岳母乃浙江新昌一黄酒作坊家的大小姐,个性刚烈。几十年与岳父摩擦大于和谐,吵架为常态,以至入寻死觅活态。我未目击,耳闻矣。

一次,大吵后,皆曰不活。手拉手出门去投河,俨然一对慷慨赴死的革命志士。新安江在家后门,不足百米;走一半,想后辈无脸面做人,原路折回,和好。

晚年,仍不休战。一天,幻想中了一张大彩票,二老皆喜出望外,讨论这从天降下的大笔钱如何花销。达成共识的是给两个外孙多多。余款购房,舒适度余生。然在何地何处买产生了分歧,嘴仗不可开交一月有余。

六

他思想相当"前卫"。武侠小说刚盛行时,便熟知什么《天龙八部》和金庸、梁羽生、古龙,娓娓道来,如数家珍。VCD 一兴起,也迷恋得很。离休后有一年来合肥我家小住,周边放映室正雨后春笋。他一人溜达出去就是一下午。我们有些不安:一则里面空气混浊,有碍健康;二则良莠不齐,鱼目混珠。万一一网打将过去,岂不泥沙俱下? 每每看见老人家在暮色中迈着方步悠哉悠哉地走回,悬着的心才放下。

前些年也作些"夕阳红"之旅。有年溯江而上,去三峡,到重庆,居然大半个月音信全无,不知云游至何方。我们打电话四处寻找,最后在上海亲戚家,方才晓得他们在那里已安度数日了。

七

　　岳父淡生死,曾拟名单一份,皆七老八十的至爱亲朋,自己也在其中,名为"走向大限",并时不时亦庄亦谐地作些交代。有两条嘱晚辈务必做到:弥留时,胸前须放满鲜花,放《蓝色多瑙河》。

　　2010年2月9日,在百合花的暗香和优美的音乐中,老人家走得很安详。

阅读纪事：1962—1982年

一

我的阅读是以卑躬屈膝的姿态发端的。

那年六岁，小学一年级。

屯溪的新安江边有一小公园。江堤上支摆着一排排小人书摊，有矮方木凳，坐看。百二十回的《三国演义》被绘成六十本，在书摊上直码起来，哗哗占了一大块，一足独大，其他书断难成鼎立之势。我眼馋，却又身无分文，只好挨着身子，站着低头弓腰，与坐方凳者合看。这种揩油的勾当得小心翼翼，远近要拿捏好，千万不能冒犯那位付钱的主。否则只要一个白眼过来，哪怕看到再精彩处，你也要嗫嚅而退；重则被摊主轰出十米之外，如同饭店驱赶乞丐一般。

就这样，春去秋来，没花一分钱，我断断续续看了几十本，从"桃园结义"一直到"三家归晋"。天下合分，英雄辈出，文韬武略，斗智斗勇；而我低声下气得也实在累人，可想想曹营中的刘皇叔，关键时候都能种菜装孙子，也就释然了。

作家余华在《兄弟》里对"文革"那一段如是说：那年月里很多男人在厕所里偷看女人的屁股，都平安无事。无独有偶的是，那年月里很多小孩都偷书，也很少像那个倒霉的李光头，被逮了个正着。我生逢其时,也做过几回偷书的勾当。那时没有读鲁迅先生的书,还不知有"窃书"一说。

父亲在卫生学校工作。那时停课了,老师学生都作鸟兽散,偌大的校园空空荡荡,做实验的狗们也有了自由身,三三两两趾高气扬地闲逛。与它们相得益彰的,则是我们一帮子无所事事的小朋友。一天,发现图书馆大门洞开,里面书刊满地,一片狼藉,显然已被扫荡洗劫过。我们蜂拥而进,如入无人之境。挑肥拣瘦了一番,每人都捧了一摞子出来。这算偷吗?前些日子抄家成风,红卫兵冲进人家,搜砸掘挖,金银细软席卷一空;稍有反抗,宽皮带呼啸过来,打你个头破血流,遍体鳞伤。红卫兵做得,红小兵就做不得?!何况此举还相当地"温良恭俭让"。

不知出于何种动机,几个家伙拿的竟全是《妇科学》《妇产科手册》之类。在以后的那段日子里,那几个变得神秘兮兮的,常躲在偏僻处,绘声绘色地说着什么。有一个跑来悄悄地对我说,他知道了女人为什么要在结婚后生孩子,而且最快要一年时间。这事我以前也一直弄不明白,为啥婚礼上客人都喜欢对新人说"早生贵子"。这家伙说的有根有据,我则半信半疑。邻居里有个女人挺着大肚子,整天吃好喝好的不干事情,我可不敢到她那里问个究竟。

二

以后长成少年,就迫不及待地进入"大毒草"的园地了:《野火春风斗古城》《林海雪原》《青春之歌》《红旗谱》……都是受批判的禁书,我却如饥似渴地去找、去读。固然有英雄主义情结的激荡,一点点的爱情描写又溅起多少浪漫的想象。纠结的是,一旦"渐入佳境",总会无情地被撕去几页,让你遐想无限,然后慌不择路地去寻觅另一个"足本"。《野火春风斗古城》里有两行叛徒高自萍轻薄女地下工作者银环的描写,后者受到惊吓一时昏厥过去。仅仅是点到而已。书页的空白处,被人写了火柴杆般耿直的四个大字:过瘾! 过瘾!! 可以想象此人当时是如何地血脉偾张。有的书名很吸引眼球,内容却很失望,如,《我们播种爱情》,纯粹一个标题党!

毫无疑问,《青春之歌》让我中毒最深,尽管我那时离青春期还有两三年。可以想象这株"大毒草"一旦根植进一个少年的心田,会野火春风般地长出多大一片草地。

这本描写知识青年投身革命的小说如此让人如醉如痴,忽隐忽现的爱情描写功不可没。女主人公林道静分别与三位男人有过情感交集:余永泽、卢嘉川、江华。第一位不愧为泡妞高手,尽管是个北大国学高才生,但在北戴河海滩上对道静这位落难少女发起的情感攻势却是相当西式的,他在喃喃的涛声里热情地诵读海涅的诗句:我用轻细的芦管写在沙滩上:阿格纳思,我爱你……由此生生地俘获了"小林"。这段恋情的结局当然是"主义"抛弃了"问题"。

革命是严酷的,随时流血牺牲,爱情却使其抹上了一缕暖色,那个风雪之夜堪称"血色浪漫"。老革命江华对林道静直截了当:你说咱俩的关系,可以比同志的关系更进一步吗?……他突然又抱住她,用颤抖的低声在她耳边说:"为什么赶我走?我不走了……"道静直直地注视着江华那张从没见过的热情的面孔。他那双蕴藏着深沉的爱和痛苦的眼睛使她一下子明白了,什么都明白了……她霎时感到这样慌乱、这样不安,甚至有些痛苦。屋外是一片洁白,雪很大,还掺杂着凛冽的寒风。屋上、地下、树梢,甚至整个天宇全笼罩在白茫茫的风雪中……她所深深爱着的、几年来时常萦绕梦怀的人,可又并不是他呀……

这段文字在情感干涸的禁锢时代极具"杀伤力":革命者可以同居,爱也可以有不同的受体。恰好又弄到一本同名电影的画册,青春靓丽的谢芳,扮演了林道静。这使当时多少男人,产生了多少健康或不太健康的想法。于我而言,迷恋则得以持续、延展、具象。其构成是明澈的眼睛、秀美的脸庞、青色的旗袍、如旗帜一样飘扬起的红色围巾……

那时在眼前扬起的不仅仅是红色围巾,还有白色水兵服的蓝色飘带，那是冬妮娅的，在遥远的俄罗斯。少女时代的她，像白桦林里一只奔跑跳跃的小鹿。冬妮娅最终没有被炼成钢铁，成为保尔同志的战友，而成为"酸臭"的资本家太太。我不能忍受保尔在分手时对她的羞辱，"冬妮娅悲伤地凝望着闪耀的碧蓝的河流，两眼饱含着泪水"。我喜欢她身上有的"一种由歌谣、祈祷、诗篇和小说营造的贵族气"……

三

莫泊桑的《人生》是我在祁门阊江边的一个山村，就着如豆的煤油灯读完的。那时我已是一名师范生了，跟着一批"老三届"的同学在此"开门办学"。他们一般年长我十岁以上，这些人视我为娃娃。

村子有一个老宅子，住着一户特别的人家，家长是一对五十多岁的下放夫妇，文化人。公社就把出"革命大批判"专栏的任务交给了他俩。于是，村中最引人注目的一面墙上，便时不时地可看到夫妻俩的"大作"联袂出现。也无非是把《人民日报》的社论抄几段、《安徽文艺》的"革命诗歌"录几首。贫下中农们没什么兴趣，于他们而言，最大的好处是偷偷地撕一块去做揩屁股的手纸。倒是我们这些人傍晚收工后无所事事，聚在这里评头论足。

我那时与 H 同学以文学爱好者自居，正酸得不行，便无所顾忌地慕名上门，遂成了他家的常客。二老对人生的坎坷与不公似乎已心静如水，在这偏僻的山乡简朴地过着波澜不惊的生活。见我们年纪不大，还能说说《三家巷》《青春之歌》、郭小川与贺敬之什么的，就以为我们是可堪造就之材。于是在那黝黑斑驳的老屋里，二老常常与我们慢条斯理地侃侃而谈。我们半是虔诚、半是受宠若惊地听着，心灵倒也有一种缓缓的开启感。莎士比亚、托尔斯泰、雨果、雪莱……就好像村里晴朗夜晚天空上的那些星星，那么遥远、那么闪烁。每每末了，他们总是说：坚持下去，坚持下去。我们也相信：如此这般了，恐怕是要成为文豪了，至少也会成为个作家、诗人吧。真是一个梦开始的地方。

一本书在同学中传转着,听说是从老屋里流出来的。在"封、资、修"各类禁书中,当属"资"字号的——法国作家莫泊桑的《一生》。好长时间到不了我的手上,用J老兄的话说,此书少儿不宜。我用阿Q的话反击之:和尚摸得,我就摸不得?何况敌人已年方十六了。最后我还是得手了。其实,最让我怦然心动的已不是书中若干情爱的描写,而是女主人公约娜的悲惨命运:丈夫背叛、儿子沦落、家道衰微、晚年潦倒……

我是在村里小学对面的树林里读完这本书的。周围出奇的静,没有风,初春的树梢翠绿笔直,树下的草地青葱可人。不远处就是闽江,盈满了桃花春水。我仰天而卧,看阳光透过密匝匝的树枝,缕缕点点地投射下来。先是一种温柔的、蚀人心骨的感伤弥漫全身,突然又很严肃地思考起诸如人生、爱情、生与死这样的问题。几十年后的今天该是怎样呢?我还会在这里呆呆地胡思乱想吗?是不是像书中女仆罗莎丽所言:人生从来不是意想中的那么好,也不是意想中的那么坏。

我眼前展现了一个新的天地,我往二老那里跑得更勤了。一聊起来就懒得出工,连到山上拔笋子的趣事都提不起兴致。二老告诉我莫泊桑还不是法国最好的作家,《一生》也不是他最好的作品。有机会可去读读雨果的《悲惨世界》,那才真正震撼人心呢。读懂了冉·阿让,恐怕才理解了人性。

四

毕业后,我就在一所中学里"为人师表",开始了"误人子弟"的生涯,那些学生也比我小不了几岁。一日,工宣队召集开会,布置紧急任务:在学生中收缴手抄本。措辞十分严厉,要从"两个阶级、两条路线斗争,培养革命事业接班人的高度"认识之。行动是迅速而有力的,不两日,我这里的战利品就装了两书包。这些没有作者的作品杂乱地抄在各色纸张上:练习本、公文纸、进出货单据的反面……一个完整的版本，多则十几万字，少则几万字，如《一只绣花鞋》《梅花党》《绿色尸体》《第二次握手》。大名鼎鼎的《少女的心》不在其中。此书很黄，用工宣队长的话说，看了就想当流氓、干坏事。

抄写的方式为"接龙"，一本由几人，甚至十几人流水作业完成。字迹或老到，或稚嫩；或潦草，或工整。圆珠笔、钢笔都有。涉及爱情描写的，一般都抄得清清楚楚，看得出抄写者是用了心思的。我正愁没书看，也是好奇心驱使，便私下截留了几本，不看白不看。况且批判"卖国主义"影片《清宫秘史》《武训传》时，不也组织大家去识别毒草嘛！几百人的电影院里，鸦雀无声，鬼知道每个人心里在想什么。时值隆冬，夜里常常拥被而读而不能寐，不觉东方既白。味道自然比《虹南作战史》《牛田洋》之类时新作品好多了。多少年后，才知与金圣叹所言心曲款通：在风雪之夜，闭上家门读禁书，是人生一大乐趣。接下来便是组织"革命大批判"，口诛笔伐，如火如荼。但"批深批臭"尚难，原因是相当多的学生不知手抄本内容如何。不久，便有经验从邻校传来：有老师在每天早自习半小时里，先读二十分钟手抄本内容，然后用十分钟进行批判。如此一来，原本稀稀拉拉的早自习天天满员，教室里肃静无声，走道上还站着不少旁听的。没几天，又听说那位老兄挨批了：他读得忘乎所以，下自习铃响了还欲罢不能，最后居然还来了句"欲知后事如何，且听下回分解"，找死！

五

与民间"手抄本"对应的则是官方的"灰皮书"了。可以这样说，一部足本的中国现代思想史，"灰皮书"及其影响定是不可缺失的章节。如果说，在那个晦暗的年代里，"手抄本"是看得心跳的"大众阅读"，"灰皮书"大概可算作读得深沉的"精英阅读"了。

灰皮书，貌如其名，很低调的。在它最后一页的下方，总印着一行小字：内部发行或者是供批判使用。20世纪六七十年代，为

"反帝反修"，官方翻译了一些西方和苏东的政治理论书籍及文艺作品。本来，这些书的购买、阅读都限在一个窄小的范围内。如托洛茨基的《被背叛了的革命》，不是省军级就甭想读到。"文革"使灰皮书的发行阅读也没了章法。有人不过是一个工厂的普通工人，居然凭一张用"小诡计"套来的省军级介绍信，就买到了四大摞灰皮书。尽管如此，能源源不断地读到灰皮书，还是有一种精神优越感的。我第一次读到灰皮书是在二十世纪七十年代初，美国女记者安娜·路易斯·斯特朗的《斯大林时代》。觉得这个斯大林与电影《列宁在十月》《列宁在1918》中的那一个不大一样。我从《切在玻利维亚的日记》以及其他几本有关格瓦拉的灰皮书中，感觉到外国的英雄似乎与中国的有点不同。中国传统的英雄如龙似虎，切更像一只冷峻、孤独的鹰掠过我的心灵。而他"我的双脚又一次触到罗西南特（唐·吉诃德战马的名字）的肋骨，于是我扛起盾牌，重上战场"的诗句，更让我魂飞到了万里之遥的拉美林莽，久久地耽于激情燃烧的幻想之中。

夏伊勒著的三大本《第三帝国的兴亡：纳粹德国史》，在三天三夜里，使我处于一种极其亢奋的阅读状态，至今我还没有读到一本生动、翔实超出其上的史书。这本书精彩绝伦地记述了被希特勒称为"千秋帝国"而实际上只存在了12年零8个月的第三帝国从兴起到覆灭的全部过程。此书客观翔实地告诉读者，希特勒这样一个有着恶魔性格的狂人，是怎样从一个下等兵爬到了权力的顶峰，成为德国的独裁者；之后，又如何把德国人民乃至全世界引入了战争的深渊。为什么产生过康德、歌德、席勒、巴赫、贝多芬这些大师巨匠的伟大民族，会容忍、屈从在这样一个疯子与流氓的脚下……毋庸置疑，此书的精彩，可读，是威廉·夏伊勒的妙笔所致。然而，"史实本身比所有的小说、文学都精彩"，作者的史德、史识与良知则更让人肃然起敬。

以后，又陆续接触到几本文学方面的灰皮书，如《多雪的冬天》《落角》《普隆恰托夫经理的故事》。每本书前都有长长的批判前言,喋喋不休地告诉读者:从书中可以看到苏联是怎样卫星上天、红旗落地的。其中有一本写一个代表团到苏联访问,里面形形色色的人都有,包括前纳粹军官。一遭走下来,发现世界上第一个社会主义国家全变了:价值观念,社会生活,甚至还有卖淫的妓女。

灰皮书的阅读使我结交了一批朋友。走动最勤的是J兄,十八岁便是红卫兵的大头目了,命运多舛,"沦落"到师范与小他十余岁的我为同学。初次见面,他的一句话让我刮目相看:伟大领袖当年不也是师范生嘛!他很有才,谈锋犀利,深度广度让人着迷。冬天的夜晚,在他蜗居的小屋里,门窗紧闭,听任北风在外面呼啸。我与他小桌对坐,一锅辣椒炖狗肉,一碟油炸花生米,一瓶八角钱的山芋干酒;古今多少事,尽付酒话中。当然,基本是他说我听。有几本灰皮书做底子,好歹也能应对几句。常常聊至夜半,我踏着一地寒霜而归。可惜他1976年后未能走出徽州,"时来天地皆同力,运去英雄不自由",这也是没有办法的事情。近年他研究《孙子兵法》很有成果,还写了一部关于朱升的长篇小说,获奖。我拜读,笑曰:老兄"帝师"情结重啊,你是把想做而未能做的事情都交付书中人物了。

六

《第二次握手》,一个极富象征意义的书名。从手抄本到正式出版物,折射出一个时代的巨大变迁。

上海,淮海路。上海书店与新华书店隔街相望,附近有街心小花园。"文革"后,文化开禁,忽如一夜春风来,人们在这里通宵排队买书;花园里人头攒动,俨然成了"以书易书"的场所,盖因好书短缺所致。读大一的我,也经常在这里转悠,灰色卡其布的裤袋里,有几张皱巴巴的角票,不时地用生硬的上海话怯怯发声:《第二次握手》有哇?未遂,总是未遂!几乎绝望时,一男子凑过来:《重放的鲜花》侬(你)有哇?意为交换,《第二次握手》=《重放的鲜花》。后者是一部多人作品合集。1956年至1957年上半年,一些青年作家和诗人,写了一些张扬个性和一批揭露社会弊端的作品。不久,"反右"开始,这些作品成了"反党反社会主义"的大毒草。1979年,其中的一部分重新出版,是为《重放的鲜花》。我摆摆手。不知他从身上哪个部位拿出一本书,扬了扬,"《第二次握手》要哇?一个跟头"。八角钱的书,要一块六。我没有犹豫,急切地拿过来验明一下"正身"。"一辆淡蓝色的小卧车,穿过繁华的前外大街,驶入了一条静僻的胡同……"这开篇熟悉的几句话,可不是潦潦草草地抄在收货单的背面,正儿八经的中国青年出版社1979年7月版。

书钱两清。我喜滋滋地把《第二次握手》揣在怀里,那人也即刻消失在人群里。对他的记忆居然三十年后被唤醒。周立波演"海派清口",模仿上海街头的"打桩模子",不就是活脱脱的他!其实,《第二次握手》在小花园里已是明日黄花,最叫卖的是新出版的外国文学作品,法国的尤其紧俏。这不,大小仲马这对父子的作品正在一个角落里"竞价"。一年轻人手里的一本小仲马的《茶花女》欲换一老者的一本大仲马的《基督山伯爵》。老者不干,怎么也得加本《私生子》。围观的人起哄:老先生要《私生子》干什么?我也乐呵呵地插嘴:大仲马说过,他最好的作品就是小仲马啊。一番讨价还价,《基督山伯爵》与《茶花女》终于成交。老者边走边咕咕哝哝:就算让儿子讨了便宜。

七

再读《第二次握手》,竟索然寡味了,只能束之高阁。此时孜孜不倦的是《公开的情书》,"文革"年代,一女三男之间的43封通信,在那压抑阴晦的日子里,探索人生、理想、命运,还有迷茫、苦恼、柏拉图式的爱情。文字相当青春:望着春风中哗啦啦乱舞的新绿的柳枝,我想,我会把这春天的枝条高高举起,像湖边放飞风筝的快乐的孩子一样。那将是我们的旗帜……此时,置身的校园里亦洋溢着一派春天的气息。交谊舞会在地下人防工事里小心翼翼地进行,当然是外语系的同学打头。那位勇敢的男同学,众目睽睽下,头一昂,额前的长发微微甩起,骑士一样,大方地把手伸给头都不敢抬的女同学……草坪的一角,几位应届生考来的男女同学正围着一位阿姨模样的同窗,全神贯注听她讲复映的印度电影《流浪者》里拉兹恩爱情仇的故事;穿过大半个上海来的复旦同学正吆喝着,在卖他们自己办的杂志——《大学生》。它是不通过邮局发行的,只办了两期就寿终正寝了。

入夜,我正在图书馆读《晚霞消失的时候》,近在咫尺的大礼堂里灯火通明,掌声雷动。再也无法沉湎于主人公南珊与李淮平那无果的缠绵中,且去看 77 级同学组织的这场"模拟审判"。

它源于颇有争议的话剧——《假如我是真的》,挤了满满一礼堂的人,气氛非常热烈。主席台弄得和法院一样,审判席上,双方一交锋,"法官"和"检察感官"们便底气不足,一会儿就瞠目结舌,威风扫地,倒是那位"骗子"受到英雄般的追捧。他时而侃侃而谈,时而慷慨激昂,绝对主角一个。自我辩护结尾那句"即使我被宣判有罪,也是整个社会的耻辱",赢得了雷鸣般的掌声,简直要把礼堂的顶掀翻。最后,"骗子"在欢呼声中,前呼后拥、昂首阔步走出礼堂大门。现在想想既狂热又幼稚:痛恨特权可以理解,但罪犯是不能用社会存在的弊端来为自己开脱罪责的。

八

我那时二十有几,男大当婚且慢,恋爱正当其时。老同学牵线,处了个安徽的女友。我至今仍执着地认为:那是吾国年轻人谈情说爱的最好时光,单纯、明朗、阳光,又适逢文学大放光彩,有那么多的作品可供滋养。要征婚,"喜欢文学"这一条是必需的,也就把"主要看气质"给做实了;男女第一次见面,最好手执一本《收获》《清明》《花城》之类的文学杂志,临行前再恶补一下里面的人物或情节,一般从"伤痕文学"谈起。没有互联网、短信、微信、视频,长途电话费且又那么昂贵!写信,每周一封,洋洋洒洒十页纸。几个月下来，激情表达的遣词造句顿成问题。只好做一回"文抄公"了，莎士比亚的十四行诗，普希金的爱情诗太"高大上"，老外又太热情洋溢，直截了当，何不用"国货"呢？张洁的《爱，是不能忘记的》正读得心潮澎湃，拿过来用便是，移植一段："哪怕千百年过去，只要有一朵白云追逐着另一朵白云；一棵青草依傍着另一棵青草；一层浪花拍着另一层浪花；一阵轻风紧跟着另一阵轻风……"隐喻、含蓄，意思也到了，也显得鄙人颇有文学才华。三百字就要戛然而止，且不留斧凿之痕。所幸没有被识破，有情人终成眷属。

你那时若能在大食堂的饭桌上，对着一丁点油星没有的青菜萝卜或在宿舍里闻着没洗的臭烘烘的袜子，大谈萨特的《恶心》《墙》什么的，那你在同学里绝对是个人物。萨氏那两年在校园里特别火，卡夫卡、昆德拉、海德格尔好像还在国门外站着等签证。没办法，我也鹦鹉学舌地跟着说几句"存在先于本质"什么的，其实萨特的书没认真地读过一本。真正有点收获的，还是重读了几位十九世纪俄罗斯文学大师的作品，这与听了一位老师的课有关；他是四年里对我影响最大的先生，尽管他从不认识我。

九

大三时，课程轻松了，我常去河东文史楼的中文系去"蹭课"。开始的几堂外国文学课，时代背景、主题思想、人物分析……透发着浓浓的八股味。接下来是俄国文学，老师的名字叫智量，听起来就像是位深山大庙里的高僧。第二天他登上讲台，才发现乃一清瘦中年男子。他不合时宜地穿着一件中式的对襟褂子，背微驼着，一副30年代落魄文人的模样。唯有眼镜片后面的那双眼睛，闪动着对生活的热情与渴望。

他的开场白，与其他老师大相径庭，很有些章法上的"离经叛道"，他用粉笔在黑板上写下了"一切开端的开端"几个字——这是高尔基对普希金的评价，转而向大家提出了一个问题：17到18世纪的俄罗斯文学还几乎是一片荒原，为什么一到19世纪，却是巨匠辈出,群星璀璨?他侃侃而谈,思维既睿智又跳跃,你可以触感到 1825 年 12 月 14 日年彼得堡枢密院广场上的弥漫风雪、伏尔加河纤夫悲怆的号子,还有那西伯利亚广袤的草原与森林,冰天雪地里,艰难地行走着曾为贵族的"囚徒",与他们相伴厮守的,是来自彼得堡与巴黎沙龙里典雅美丽、风姿绰绰的贵妇人阔小姐。说着说着,他突然动情地吟起了涅克拉索夫的诗句:"我在亲吻和拥抱我的丈夫前,我先要把冰冷的镣铐放在嘴唇上……"下面一百多个 77 级学生,包括那个已初见端倪的"学生作家群",瞬间安静地连喘气声都听得见,接着是如潮般的掌声。十几年后,陈丹燕女士在她的《精神家园》一书里,念念不忘的还是当年的这个 315 教室。

或许是同学们的反应感染了先生,他也显得激情四溢,一挥手打翻了讲台上的一大杯水,酽酽的茶汁流得到处都是。前排的几个女同学手忙脚乱地帮着收拾,他却很调侃地说:女仆娜塔莎不小心打翻了端给贵族老爷的咖啡,老爷生气了。这一细节,从屠格涅夫到托尔斯泰,俄罗斯的大文豪们都是怎么描写的?他一口气讲到下课还欲罢不能,下面的同学听得痴迷也忘了时间。他化尴尬为精彩,居然在几十分钟里把诸位大师的写作风格,既风趣盎然又筚路蓝缕了一遍。

有了王先生的课做底子,重读《战争与和平》《复活》,感动与思考又是当年不可企及的。短短的两三个月里,已若干次仰望星空了。生活、生命;人性、人道。星星眨巴着眼睛,是在关注还是嘲笑我这有意义的徒劳。

十

还有一本书的阅读平衡了我这种过于形而上的思考,并极大影响我以后几十年里对美食的关注及其写作——陆文夫先生的《美食家》。我是在学校图书馆的一本杂志上一口气读完的。忘记了吃饭,尽管嘴里齿间的分泌十分充分,盈满口腔。在这位苏州大才子的笔下,即便是一个普通南瓜,也能做出活色生香的菜肴,更何况筵席上那道画龙点睛的"三套鸭"？陆先生的文字，幽默且灵动，市井又儒雅，他告诉我们的是：吃吃喝喝里有大文化。当然，也在一定程度上造就了一个饕餮之徒。

小说很精彩，现实很骨感。天天直面的，是食堂里缺色少味的饭菜，带毛的肥肉，蔬菜如同喂牛的草料，永远不笑的服务员，我怎能不对朱自治的吃吃喝喝心驰神往？好在学校食堂夜餐卖大肉馄饨，肉多味鲜。可价格不菲，十个要二角钱，而我一天的菜金仅四角耳，只能偶尔为之。克服欲望相当痛苦，尤其是在晚自习后的漫漫长夜。真羡慕那个朱自治啊，好吃懒做，最后还遇到位能烧会吃风韵犹存的孔碧霞。由同吃而同居、由同居而结婚，尽享美食，终成正果，双双成了美食家。

赠　书

贾平凹先生早年有小文，举十余件日常里"笑口常开"之事，第一就是：

著作得以出版，殷切切送某人一册，扉页上恭正题写："赠×××先生存正。"一月过罢，偶尔去废旧书报收购店见到此册，遂折价买回，于扉页上那条题款下又恭正题写："再赠×××先生存正。"写毕邮走，踅进一家酒馆坐喝，不禁乐而开笑。

此类事我亦有过。我早先居住的黄山路上有书摊，老板与我稔熟，收来的旧书由着我翻阅。一日，居然见到自己几年前出版的一本散文集，扉页上恭敬书写：××先生雅正，他可是本省名气很大的文化人啊！此公住这个城市的东北角，书怎么会到西南角的这个书摊呢？一路走来，别来无恙？我拿着它，竟有搂着失散多年孩子的感觉。我拿回家，又认认真真地在扉页上写道：公元×年×月×日，在×书摊重新购得。然后放置家中书柜最佳处。

还有一次上网，偶见本省某市一旧书店发布之信息，我的一本书有售，云：签名本，八成新。某市较僻远，无朋友，书是何以沦落至此呢？理应从网上购回，但终究未遂。想想它孤苦伶仃被弃之角落，难逃被打成碎末，碾成纸浆命运，悲从心来。

鉴于此，自己立下规矩：不轻易出书，亦不轻易赠书。关于前者，乡贤老N语出骇人：这年头，出书的人实在太多，是人是鬼通过各种途径都要出一两本书。有些书让我感到十分恐惧，但我同时也对这些作者的勇气十分地佩服。面对自己糟蹋的这堆文字，跟一个强奸犯被拉出去示众又有什么两样？

老N确实犀利，但我也不能完全苟同。旧时文人有"四好"：戴一顶帽、坐一座轿、娶一个小、刻一部稿。前三者且不说，刻一部稿，能流行于当下，传之于后世，岂不是功德无量？古代为圣人者须三条：立功、立德、立言。这立言，不就是文章传世么？写了一辈子文章，出本集子，不为过矣。诚如一位朋友调侃：进不了中国文学史，安徽文学史，就争取进县志村史；再不济，列入家谱总是铁板钉钉的事情。一位长辈垂垂老矣，20世纪50年代就开始写作，晚年就想出一本自己的文集。一对儿女合资遂了老人的心愿，书印得颇精美。他逢人便拿书夸奖：大孝！大孝！

出书便有赠书。君子之交淡如水，文人赠书两相宜。我赠出不多，所受不少。收支不抵，盖因自己的质品差强人意，拿不出手。家中书柜专辟五格，为收受的赠书所用，满矣。无事时，常立于柜前打量，宛如众人立于我前，音容笑貌可见可闻。有的常来常往，混得厮熟：由赠书相识相交，吃饭喝酒，游山玩水，聊天打牌，"群"得如同兄弟姐妹一般；有的各有所忙，渐行渐远。好在微信有，大的行为举止还是知道的。一旦新书出版，都要遥祝的；倘若首发或被研讨，只要相邀，抽空也是去的。少数确实湮没在记忆深处，再也捞打不出。如此，该是本人老年痴呆症之早期症状所致。

赠书一旦进入互赠状态，氛围往往热烈愉悦。一般是一套书或几套书联袂出版，有人择一酒店大间庆贺。各人携书款款至，笑容满面，互相赞美乃至吹捧不能免。当然，孩子总是自己生的好，自恋正常。好的文字，众人也是由衷喜欢，尽管不是己出。

然后题字，择"送""惠存""雅正"取其一；签名，或端庄周正，或龙飞凤舞；加印盖章者寡，一般是著名作家所为。动作起来，当然更有仪式感些。

如同购书，常常束之高阁；对赠书亦不会孜孜不倦读之，想想真对不住所赠之人的心血。这把年纪，出于功利读书愈来愈少，信手拈来，榻上厕上与日俱增。更何况网络发达，快速便捷是不争的事实。其实，赠书中上品精品多多，特别是熟悉朋友所著，更有一种可触可摸的亲切。有年夏天大热，我在家乡老屋独居。晚上无聊，手头正有 X 先生书一册，拿起便放不下。还是他 20 年前所写的文字，皆生活日常、短文小文，真正可以咀嚼，余香满口。几十万字，每晚功课，10 天读完。有些篇章，至今回味。

老屋在徽州，门窗皆无防盗栏栅。某年月日，梁上君子光临，无功而返。妻妹代看房子，第二天发现未有损失，遂在厅中桌上最醒目处留纸一张，上书：该屋主人系穷作家一个，室内无财物，若再次光顾可拿走此人所写书一本，算他赠你。并在书架上取书一本置桌上。以后却是没有任何贼偷再来，书倒弄得灰头遏面的。

我过去尚有些私房体己钱，夹在朋友的赠书里，以备急用，老婆不知道的。奇怪的是，今日翻检再三，就是不知所去。

第二辑 家常吃喝

汉口有个包子店

　　无论是从造型，还是从线条的角度看，排九兄都长成了一副大厨脸。看着看着，就想去他家大吃一顿。

　　他最近很忙，忙的是耀祖光宗的一件事情，当然是关乎饮食的。他的祖上曾在屯溪街上开过包子店，店号"馥生"。说起当年生意的火爆，排九眉飞色舞，脸也变得愈发生动。余生也晚，当然是闻所未闻，但从排九烧得一手好菜来看，完全有理由相信这是一段湮没的辉煌。前些年，我经常去他家蹭饭的，他夫妇俩的热情固然使我们如沐春风，几道家常菜更让我们聚散依依：辣椒豆腐干炒肉丝、清烧豆腐、笋炖咸肉、红烧划水……甭客气，哪一回不是留下一堆狼藉杯盘让排九善后。排九的好客在朋友圈里是众所周知的，当然，也有错位的时候。朋友 W 请客，排九陪客，开吃后就热情发力，起身拿着筷子孜孜不倦地给诸位布菜。最好的一根鸡腿应该给主客的，排九居然夹进了居末位的某陪客碗里。主人悻悻，很是恼火。

　　排九在家排行老五，上下皆姐妹，不折不扣的吴家"香火"。当年的"馥生"理应他传承下来。三十年前他考学进了城，当了国家干部，这祖业也只好由小妹担纲了。开了个小小的包子店在家门口，山清水秀，乡里乡亲，图个现世安稳，岁月静好，不奢想发财。有一年我们一大拨人从屯溪浩浩荡荡奔将去，正逢一笼肉包子出笼，热气腾腾地诱人。众人如饿鬼下山，纷纷出手，全然没有了吃相，个别性急的，舌头被烫得嗷嗷叫。有人戏称：真是肉包子打狗，有去无回！

排九当时在包子店的后堂摆了两桌，请大家吃喝。酒多菜好，一开始就喝得壮怀激烈。我当时正值喝酒巅峰期，人称"一颗冉冉升起的新星"，也许太张扬，遂成了群起攻之的靶子。排九家老人、妇人、孩子都上来敬酒，焉能拒之？直喝得酒入口如甜水一般，然后一切都变得依稀仿佛。不知怎么就回到了屯溪老街上，月光下的街道悄无人声，人影偶尔飘忽过来，在我眼里，都成了凌蒙初笔下的潘甲与姚滴珠。我趔趄着要找当年他们上船的水埠头，差点没掉到新安江里去喂鱼。回家后就呕吐不止，黄胆汁都出来了。至此，喝酒便萎了且一蹶不振，自嘲：一颗瞬时而过的彗星而已。

这包子店已然是我喝酒的"滑铁卢"，耿耿于怀，然而吴氏包子却始终让我断不了念想。它走的是徽式包子的传统套路，既不是江浙沪一带小笼包子的做法，皮薄馅多灌汤；亦不似北方的包子，个头大，里面满满的是粉丝大白菜猪肉什么的。体积介于二者之间，玲珑、秀气，颇有小家碧玉之风。尤其是出笼把屉盖打开那一刹那，雪白、饱满、充实，没有一点瑕疵；严格地讲，它是不宜当饭吃的，点心或茶歇最好。徽州传统人家正月里拜年待客有几盘几碟，其中包子和茶叶蛋必不可少。一进门，拱手作揖请坐泡茶，然后就吃茶叶蛋肉包子聊天。一般各吃一个足矣，因为你还要走马灯似的一家家跑，待客之道皆如此。你贪恋一家的包子好吃，余下诸家的难道你还想吃不了兜着走？都得吃，这是礼数！撑得你白白辜负了那一桌桌的好饭菜。

排九近来再三邀我去汉口，内心尽管还怀那包子店，可香喷喷的包子无辜啊！山还是那些山，溪还是那条溪，排九家的包子店已迁到街上，市口蛮不错的。无论是模样，还是口味，吴氏包子都一如当年，价格也还公允，口碑甚好，始终在这一带供不应求。吴家不盲目扩张，守着一个店面每天勤勤恳恳做三五百个了事，完全的手工劳动。

　　最忙的是进了腊月，四乡八邻都来定做包子，送礼、待客、祭祖，催得急促。此时家族总动员，天天"打夜桌"，和面便和面，擀皮便擀皮，剁肉便剁肉，生火便生火，数十人忙得不亦乐乎。祖宗在墙上高高挂着，欣慰地看着子孙们如此这般生龙活虎地拓展事业。排九当然也不闲着，里里外外张罗着，搞些场面上的事情，他终究是见过世面的公家人嘛！

晨起一杯茶

　　儿时家里的主事人恪守朱子家训中"黎明即起，洒扫庭除"之格言，起床很早，开门第一件事就是烧开水。注水、搬柴、点灶，响动很大，也使我清晨的酣梦难以持续。记忆中的铜水壶肚大嘴长，满身黝黑，唯有把手那一段黄澄澄的铮亮。它沉稳持重地踞于灶上，一任激动的火舌颤抖地舔着。一会儿，水就欢快地滚开了，此种状态被声形并茂地称为"滴笃翻"。用当地的方言念出来，很有些音韵美。

　　晨起一杯茶，饮者自然是至高无上的父亲了。茶具不讲究，一只深绿色的搪瓷缸布满茶垢，年纪绝对长于我；茶叶亦不讲究，"炒青"为主，味道极酽且能一而再、再而三地泡。只是水一点马虎不得，非"滴笃翻"不可。当滚开的水遭遇炒青，升腾出一团氤氲时，我就得揉着惺忪的睡眼，去河边的小吃店去买油条。那是家夫妻店，有点绝活，炸出来的油条就是超常的蓬松可口。常常要排队，这时几颗疏星还缀在泛出鱼肚白的天空，河面飘着一层薄薄的晨霭，对岸的草滩上，几头牛在悠闲地吃草。我用一根细细的筷子，穿着两根油条快步回去。到家时父亲已喝完头遍茶，续上了二泡水；他慢慢呷一口茶，咬一段余温犹存的油条，顺便把家里一天的大事小事安排了。我很羡慕他，心里想猴年马月也能当上老子，有如此这般的享受。

　　柴薪涨价，自家不烧水了，我就拎着两只竹篾壳的水瓶去老虎灶。那里面总是阴晦、幽暗，湿漉漉的，一个十五瓦的灯泡尽管在白天也晃荡在高高的屋梁上，橘色的光亮在水气中，显得昏黄与浑浊。屋顶灰蓬蓬的，上面镶着几块明瓦，透射出几缕无精打采的光亮。我去的再早，总排不了第一，摆在最前面的是若干个搪瓷杯，第一个上面"抗美援朝保家卫国"几个字清晰可见，挨着的一个就是"大炼钢铁超英赶美"，再后面的则是"将无产阶级文化大革命进行到底"。顶牛的还是那个长着红红酒糟鼻子的六爷，加塞总是到第一。每每都是如此，莫非冲开水也要论资排辈？佛争头炷香，清晨的第一锅开水难道如此令人向往？陆文夫先生的《美食家》里那个朱自治每天天不亮就坐黄包车叮当当地赶去面馆吃头汤面，与此是否有异曲同工之处呢？话说回来，这老虎灶的水源其实真不同寻常，是一个叫长顺的挑水工一担担地从一里外的深水井提出挑回的。不到中年，他的背已驼得像一张弓了。小腿肚上血管暴起，如同几条大青蚯蚓在爬着。

清代的张岱曰："茶令人爽、琴令人寂、石令人隽、雪令人旷……"并自称"茶痴"。他的境界我们自然无法企及，但长年累月的喝茶习惯，多少也让我们悟出了些一天之茶在于晨的道理。你或许是个高阳之徒，每每醺醺然回家，倒头就睡；睁眼东方既白，一杯绿意盎然的热茶款款送至。呷上几口，便是上下通畅，浊去清扬，感觉绝不比"红袖添香夜读书"差多少。你或许一觉睡到自然醒，多少还倦慵着，洗漱后清茶一杯，晨报一份，边喝边看，顿收神清气爽之效。此时若有卤鸡蛋、面包片、煮玉米之类，一顿不错的早餐就全了。

当下时尚的是早茶与下午茶，前者太繁文缛节，不就一顿早饭嘛，荤荤素素、盘盘碗碗，眼花缭乱的十几种。那是待客用的，讲究的是礼节与程序；后者则是舶来品，高楼之上，隔着玻璃幕墙，在音乐与鲜花中，很绅士优雅地品着茶点，一下子就到了维多利亚时代。于时间、于银两、于风度，此等贵族作派不是我等之辈受用了的。晨起一杯茶，家常、实惠、方便；香气袅袅，升腾起的是一团可触可摸的温暖。

刀　功

　　烧好一道菜，食材当然是第一位的，面对一锅霉透了米，一块臭肉，巧妇焉能炊事如何？火候刀功也很重要。前者我有童子功，柴灶前烟熏火燎了十几年，续柴退薪，明火文火，已驾轻就熟，收放自如。而后罐装气进而管道天然气，功夫非但未废且愈加精准。只是刀功，数十年无长进，家常荤素菜也能做十数道，皆粗枝大叶，浮皮潦草。前日做菠菜肉片汤，肉是猪后胛肉，菜棵小饱满，且有现熬的猪油、油渣，屯溪老街同德仁的黑胡椒粉相助。问题是我刀功欠缺，未按纹理薄切，上桌后口感就是不嫩不爽。

　　在我童年和少年的记忆里，刀功可不仅仅局限在厨房里案板上，如杀猪匠，最要紧的是对着猪下颚，白刀子进红刀子出的那一下。有在四乡八村被称为"汪一刀"的，一进腊月，东家请、西家约，档期安排得满满的。他每天天一亮就出门，肩上搭着那条用布做的围裙——多少年不洗，早已是暗红色的了，那是多少头猪的鲜血染成。来了便动手，猪在几个后生的按捺下嚎叫不停，踢腿踹脚。众目睽睽，但见刀光一闪进去了，外面只剩下刀把子。顷刻血涌如喷，周围一片喝彩声；猪倒腾一小会，便四蹄笔直了。腰桶里盛满了滚开的水，接下来就是褪毛、开膛，肠是肠、肝是肝、肺是肺地清洗干净。汪一刀剁下猪头，把热气腾腾的猪肉大卸几块，大功就算告成。他不收钱，作为报酬，只要猪大肠。刚走了几步，突然又折回头，捡起扔在地上的猪尿泡，鼓着腮帮吹得好大。然后打个死结，往天上一甩。看到一大帮孩子争先恐后地去抢，他哈哈大笑，拎着一挂大肠，摇摇晃晃地去下一家。

还有一位刀功了得的便是镇上卖肉的七斤。那时每人每月半斤猪肉、凭票供应，生生地把他造就成了小镇上无人不知的风光人物。七斤有绝活，任凭你要猪身上哪个部位，即便是称二两，他手起刀落，那一丁点小鲜肉多少不差一毫毫。至于一块肉皮骨多少，抑或是肥腻腻的槽头肉，那就是七斤的刀下情分了。除了亲朋好友关系户，对有点姿色的少妇，也是要徇私的。如此明目张胆，众人也是敢怒不敢言，只能由着他。上午完事，下午七斤就靠在一把破藤椅晒太阳什么的。四十来岁的中年男子，胖乎乎的，就像一大袋口子没扎紧的土豆随便扔在那里。七斤一支接一支地吸着烟，吐出的烟圈能在空中完整地飘着，还不时地拿起满是茶垢的大搪瓷缸咕咚几口。常有妇人过来与他搭腔，"七斤七斤"叫得又甜又酸，无非是打听点明天卖肉的行情。七斤总是卖关子，说些荤兮兮的笑话逗乐子。妇人九分嗔恼地捶他：不要脸的死七斤。七斤一点也不躲闪，十分快活地大笑。

肉店不远的地方是一家叫富春园的饭店。我每天放学都要经过它的后堂，一位切菜的瘦老头屡屡吸引我的眼球。七筐八篮的菜啊肉啊，在他的刀下由着横竖粗细，块段片丝地摆布。他身子骨硬朗，一个钟点不动弹；运气匀和，动作如一。只是偶尔停下喝口水，抬头看看一米开外全神贯注的我，笑笑。我发现他嘴里有一颗大龅牙。这点瑕疵一点不妨碍一段时间里我对他的崇仰：他怎么能把土豆片切得薄如蝉翼、几可透明或者把一个萝卜雕成一朵盛开的菊花？我喜欢看他切菜，刀下最好是豆腐干、莴笋、萝卜一类。他眯着眼，刀几乎不离案板，只听轻轻地不间断的"笃笃"声，这些菜蔬过刀后细如发丝，如瀑布般地涌出。

我家有一道私房菜——冬笋豆腐干炒肉丝，过年都要炒上大大的一钵子。父亲很挑剔，色香味形都非常讲究。这形便是刀功了。当然要姑妈操刀，多少年不变的事情。我们只能打下手，洗洗肉剥剥笋而已。姑妈尽管是老手，但年年都兢兢业业，一丝不苟，忙乎大半天。那程序是既定的，一点乱不得：先切肉，再笋再豆腐干，最后是姜葱等等。肉是后胛肉，以瘦为主，适度一点肥的，否则太干涩，影响口感的润度；笋当然是时令的冬笋，现挖不久的，形状为"老鸦嘴"；豆腐干自然要五城龙湾的，鲜韧兼备，那时还没有形成品牌，民间已然口碑。

这道菜前期工作量大，姑妈的刀功虽然不能与富春园比，可在我们家族里无人出其左右。终归不是专业的，年后她的腰要疼好几天。一切准备妥当，父亲亲自上灶台，一展厨艺，俨然总指挥，拿酱油呀，添柴火呀，把我们提溜得团团转。这是年夜饭的一道大菜，一大盘吃得告罄，我们也说了许多恭维长辈的话，都是由衷的。还剩了大半钵子留着，这道菜用途广泛，下面可做浇头，清汤面，上面铺盖一层；来人待客，既好看又实惠。也可做春卷的馅里，滚油锅里一炸，其香无比；性急的要悠着点，小心烫了嘴。会吃的人一般会来一句：刀功真可以。

在这样的氛围里吃喝长大，我的刀功还如此蹩脚，实乃"家门不幸"。难道是天生左撇子使然？我曾暗暗练过，似乎不得要领。怎么选择土豆呢？它淀粉多，粘刀，应该用黄瓜或萝卜呀！电视上看到有人表演刀功，居然在气球和豆腐上切肉丝，真是难以想象。我这样心气浮躁，急于求成之人，刀功要上水平，恐怕心要先入定。心静如水，自然水到渠成。

炖　腕

　　乡贤谢熹在黄梅戏《徽州往事》里，屡屡提到腊蹄心炖冬笋油豆腐，都在喜庆的时候。这在过去是徽州乡间待客的一道大菜。蹄心可是腊火腿的精华所在，自然受宠；往下一节便是蹄腕了，骨大皮厚，食之费劲，弃之可惜，价值往往被相当严重地低估。

　　火腿晒好以后，挂什么地方大有讲究。斗转星移，大户人家湮去，雕梁画栋犹存。当年门厅冬瓜梁上高挂大红灯笼的吊钩，如今高悬着一排火腿，倒也见证了世事沧桑。通风且安全，猫和黄鼠狼一类一般很难得逞。堂前燕飞来穿去，日子过得平常与殷实。寒来暑往，待到火腿吃得只剩蹄腕及以下时，主人会顾及面子，及时地将其转至灶间幽暗处，任它烟熏火燎而忘却。一天城里客不请自来，窘急中，取下意欲凑一菜。模样已形同枯槁，砉的一声剁开，香气袅出，真正的陈年老味，岁月造就。自家菜园里拔几个萝卜洗净切块，一锅炖了。两个时辰，蹄腕金黄微软；萝卜犹白，几近酥烂。城里客连连吃喝数碗而不能停，大呼小叫：好吃好吃！表示这是第一次品尝如此美味，回去一定要克隆复制，与家人朋友共享。

　　此人估计不是徽州土著，所以一惊一乍的。大凡本地人家，于这道菜都颇熟悉。尽管已近下脚料，终归是火腿不可或缺的组成部分，雅称：金腕。要把它做成一道好菜，还须细细打理，一点怠慢不得的。热水柔洗，清除表层薄薄黄垢；一节蹄腕，可剁成三五段，置大钵中，水漫过。过去用砂锅，而今只要是个能放到火上烧的盛器，就一炖了之。这显然敷衍了事，一道菜除色香味，用何器皿也是讲究的。你看那国宴上的菜就简单的几道，那碗那碟那筷那勺可马虎不得。砂锅外形浑朴、实在，肚大能容，一旦沸腾起来，土话叫作"滴笃翻"。蹄腕随波逐流，上下起伏，盖子沉甸甸的，把一锅香气严严实实地捂住，不走漏半点。

这是一道功夫菜，火候是至关重要的。绝对要文火，讲究稳健与徐缓。性急者，不太适合烹饪操作。过去用炭炉，烧木炭，与其相得益彰。枥炭耐烧，暗幽幽地发火，要把蹄腕炖得原汁原味，须三个时辰。人是不能离开的，无聊了，拿一本闲书来看便是，最好是明清笔记小品一类。窗外若北风呼啸，白雪飘落更好。现在便捷，电炖锅、电饭煲功能齐全，一按，就可走人，迎着朝阳去上班，想想家里有一味佳肴在慢条斯理地炖着，感觉美好。

有金腕，就有银腕。新鲜的猪手是也。最好是现杀现买的，城里人做到很难，退而求之，但一定不能冰冻过的。要茁壮，饱满。有了银腕，金腕在很大程度上就是引领和调味的。金银的比例可在一比三至四。徽州人吃火腿，只要是炖，都只放少许，既经济，又好吃；无论和什么搭配，火腿味道都是满满的。反之，则是可惜了。革命老前辈李一泯在《征途食事》中回忆：红军长征过云南宣威，弄到大批火腿。炊事班不懂，将其剁成大块，放进大锅里煮，结果火腿毫无味道，成了一大锅油汤。

金腕银腕炖成一锅，另外几样亦是不可或缺的。首选冬笋，可惜此物时令性太强，有时强求不得，可用茶笋替代。它由水竹笋腌成，中指粗细最好，留头去尾，要嫩，先用清水漂去咸味。还有油豆腐（豆腐角），一定要徽州本地的，菜场早市去买。一串串，炸得蓬松松的，炖后内里全张开了，灌汤入味。吃的时候要小心，别让汤烫了嘴。其他如肉皮肚、鸡蛋饺、黑木耳来者不拒，不宜盈满；最后吃剩下的汤可炖豆腐，要冻豆腐。

　　上述乃腕之传统经典炖法。与时俱进的也不少,如放进老黄瓜就颇有新意。我弟弟好美食,能烧能吃。炖了一锅金腕银腕,除冬笋丁外,还放了黄豆黄花菜,四个小时的工夫。微信上发出来,引得馋虫蠕动。可望不可即,来日自己动手,如法炮制,且看滋味如何。

父亲的口味

从我记事时起，父亲就用一个细花瓷碗吃饭，三十多年，不曾更换过；每顿不多不少，浅平一碗。当然，吃饭的规矩也是挺大的：他老人家不上桌，谁甭想先吃；饭桌上每人的座位亦数十年不变，父亲居中，我在他右侧的下方，那是次子的位置。

尽管是粗茶淡饭的岁月，物品也很匮乏，父亲的口味却始终不将就一点。细瓷花碗所盛之物，在物品极大丰富的今天，我回味起来依然向往不已。他的吃喝是很有"范"的，晨起一杯茶，须用家中灶上第一道开水泡之，水开得要翻"鱼眼"；凡汤汁饭菜，无论春夏秋冬，须"滴笃翻"方能上桌，腌笃鲜这样的大菜如此，家常的青菜炖豆腐也一点马虎不得。即便是三伏天，一家老小吃得汗流浃背。我似乎继承了父亲的这一癖好，如早晨到粥店喝粥，吃馄饨面条，或者是到南京夫子庙、上海城隍庙吃鸡鸭血汤，非滚开不。众人（含店中伙计）往往投来不解或不屑之目光。

我家非端午而在过年裹粽子。这是一年诸项厨事里唯此为大的，十几斤好米加上诸多配料，非同小可。父亲把关是全方位的，选买何米，如何汰淘；粽叶大小，怎样浸泡，充分体现了一个传统徽州人的细致严谨。当然，他最关切的还是粽子核心部分的味道——肉粽之肉块与豆沙粽之馅瓤。肉块须猪腿胛肉切成寸方，用好酱油浸若干时辰入味；豆沙用优质饱满赤豆洗出，做成长条状,中间夹一点新鲜猪油。如此这般下来,许氏粽子闻名遐迩,除少量送人外,皆自家人受用,一长溜子的身材凹凸丰满之物,挂在灶间内的长竹竿上,从腊月吃到次年开春。

父亲尤嗜此物。吃时却不放进锅里复热,总是在火熜上用枥炭之文火慢慢烤,至少一个时辰。只见它青绿的箬叶慢慢变得焦黄,香味亦渐渐逸出;偶尔会噗哧一声,那是肉粽里的油渗出,滴到了炭火上了。

这时候老人家会将粽子放进细瓷花碗里,用筷子戳开,肥肉与猪油业已化尽,浸润在粽子焦黄的身段里。他慢条斯理地吃着,就着味重汁醇的大谷运,那是正宗的高山茶。每顿两个,咸甜各一,折冲相宜。我反复咽下口中不可抑制的分泌物,深切地感到:做老子真好!

那时生活清淡,一月难见几次荤,几片肉片或猪肝串个汤都算打牙祭了。一年大荤两三次,最具标志的就是红烧蹄膀。一般是父亲亲自动手,蹄膀取瘦猪型的,两斤以内,除酱油、白糖、盐、料酒外,茴香、八角、葱、蒜、姜一应俱全。依旧是文火,锅底要垫箬叶的,取其清香外,不粘底也是考量。一般要烧两至三小时,每隔十五分钟加少许水,使其始终保持不干不焦且又充分吸收诸佐料精华之状态。成功的标准是筷头轻轻一戳,立马皮开肉绽。肉皮(含肥肉)入口即化,瘦肉丝挂缕连,入味一塌糊涂。

对蔬菜,父亲也很讲究。时令第一,二十四节气里,都有当家菜的;对后来大棚菜的泛滥,他很痛心疾首。一次,我说了一个段子,内有:小姐搞乱了辈分,大棚菜搞乱了季节……一向严肃的他,听了居然笑出了声。菠菜,他特别喜欢饱满茁壮小棵,称为"肉头厚",不屑那种高杆大叶型的,谓之"吃草"。辣椒要薄软且有皱的,四月上市,用五城豆腐干炒最下饭。南瓜长到拳头大小用蒜瓣炒,打了霜的黑棵青(白菜一种)炒时得用猪油……

口味决定饮食习惯,父亲一定程度上似乎接近偏执。如店摊上的卤菜从不进家门,嫌切时留下的案板味;很喜欢吃"大头饺"

（屯溪的一家馄饨），却从不上门，生的连同作料买回来自己烧，胡椒粉却又不要，用家里常备的。那是从老街同德仁药店买来的，绝对正宗。父亲是老中医，药店可不敢糊弄他。不解的是，他喜欢一种土得掉渣的土点心——"顶市酥"，俗称红纸包。内有芝麻粉什么的，当然其香无比；后来每况愈下，父亲却又不能舍弃，也是他辞世前吃的最后东西，真正的"从一而终"啊！

作为一生难得走出大山几回的徽州人，父亲对外来的菜肴一般是持排斥态度，即便是相距不远的杭帮菜。哪怕是西湖醋鱼，也认为太淡太甜。许氏那几道数得出的私房菜，皆把重油重色重火功发扬光大。我今天仍好色嗜咸，显然与老人家的口味一脉相承。然而又是一代不如一代，譬如说刀板香，父亲以为晒的日头对其口味起决定性作用，包括何时起缸、晨起几点晒出，下午几点收回；晒好后须放家中阴凉通风处，晾多少时辰方可开刀食之。某日切蒸一盘刀板香，全家上下皆喜悦，齐曰好吃。唯父亲夹一块浅尝辄止，说：有股热晒气。往后几十年，我不知吃过多少回刀板香，并写一本美食书，以此为书名，也没弄清何为"热晒气"。

农家饭菜

　　原打算去月潭村去看看率水的,想象它在秋阳映照下,该是清澈似练。车行半途,路边立一大大的牌子,指示着去鬲山。二十年前我曾去过,其秀美宁静颇让人恋迷。我非仁智之辈,于山水而言,都是一个"玩"字,只要怡情愉悦便可,改变路线也是举足之劳。

　　水泥路几通鬲山脚下,当年的长亭古道已荡然无存;好在那份清静幽然还在,秋风还没有大刀阔斧地删繁就简,山峦仍持有森森的苍翠,呈现一种迟暮之美。雨后初晴,上山的路异常泥泞,攀顶远眺的想法只好作罢。在山脚下的沟谷里长长地深呼吸,但觉浊气尽出,清新透彻肺腑,直抵丹田。然后就铆足了劲,在一片寂静中大喝一声。本想回应到鸡鸣犬吠,却唤来一阵阵"嗷嗷"声。一群大大小小的八戒后代不知从哪个旮旯里涌出,扬着蹄子,欢势着朝山上的林子里奔去。我相当惊愕:这伙半野半家的畜生是谁豢养的? 莫非它们也想啸聚山林,落草鬲山吗? 倘若是放养,我倒很欣赏,此等土猪宰杀后,肉特别鲜美细腻,城里人难得有这份口福的。

　　一中年农妇挎着竹篮从山上深一脚浅一脚地下来,走近一窥,里面满满的竟是松毛覃,我相当激动——此物是我之最爱呵! 我曾写过《松毛覃》一文,无非是表达一种求之不得的心驰神往。字落文成,嘴里亦充盈着诸多分泌物。今年十一长假回老家,我曾两次早起去菜场觅之，皆未遂。有人说它都被做餐饮的高价收去了，可大小饭店里都点不到这道菜啊！

看来还是老人说的对，阴历九月半左右，雨后天放晴时松树林里最多。后来程耀恺先生告诉我：世上所有能食用的菌菇皆能人工培植，唯此只能野生。不期而遇这上天所赐，我急切切提出要买，妇人爽快地答应，由着我挑。考虑到要在两天后带回来的，我便专拣那些个头小，长势良好且未出现颓形的要。满满一兜收了十五块钱，妇人很满意，我也以为讨了大便宜。接下来我开始担心：这些带着露珠、沾着松针的野味即便放在冰箱里保鲜，能坚持两天不变质吗？何况还有几小时的车程！口腹之美焉能失之交臂，我当即决定：就在此处吃一回农家饭菜。然后就二十块钱搞定。

终归是野生的，松毛覃的形象自然比不上人工养的清洁可人，表面黄褐色且呈暗绿。我自己动手在灶间用深井里汲来的水清洗，那些断残的松针须花些时间一一挑出。一问豆腐与面条都没有，一碗纯粹的松毛覃该不会把眉毛都鲜掉吧?! 看到台面上还有两只鸡蛋、几个辣椒，墙角有新挖出的红薯，便提出又添一碟菜，主食红薯。辣椒炒鸡蛋，黄绿相间，又好看又好吃；红薯虽不及去年窖里的甜，但新出土特有的地气非常人能品味出。如此两条，妇人皆欣欣然接受。

松毛覃的做法很简单，先滚油爆炒五至七分钟，加盐加水煮便可。待到水开汤沸香气缭绕时，我合上锅盖交代几句便走人。如此这般须二十分钟，可到外面去看风景。天空湛蓝得几近透明，不远处的几株乌桕树叶已渗出了些许紫红，柿子熟了，灯笼一样在枝桠上挂着。刚想到刘禹锡的诗："晴空一鹤排云上，便引诗情到碧霄。"那边厢房里却传出朗读英文的声音。一少年正在温习功课，乃妇人之子。桌上码着的书有一尺多高。如此晴朗之天，秋意飒爽，却不能放飞自己于田野山间，也是没有办法的事情。我说了些励志的大话，又云云了一番学习方法之类的空话。少年听了若有所思,妇人则倚门不断点头称是。

　　菜烧好了,我一人上桌吃将起来。没人介意你吃相如何,也无须矜持做假斯文状,不到半个时辰,连汤都告罄了。妇人端上热气腾腾的红薯,我只好讨要点咸菜来佐餐。临走时,她却执意不收二十块钱,大概是回报我对其子的一番"教诲"。这如何使的,我丢下钱,拎着装着松毛覃的兜子拔腿便走,回头挥挥手,答应明年这个时候带一批人来。

喝 黄 酒

　　很喜欢柯灵先生写喝酒的一段文字：约几个相知的朋友，在黄昏后漫步到酒楼中去，喝半小樽甜甜的善酿，彼此海阔天空地谈着不经世故的闲话，带了薄醉，踏着悄无人声的一街凉月归去。当然，也十分向往丰子恺先生《湖畔夜饮》的情景：先生先前已喝了一斤酒，酩酊之余，老友来访，居然消解得干干净净。灯下对饮，把盏话旧，端上的四样下酒菜也是很馋人的：酱鸭、酱肉、皮蛋和花生米。窗外的西湖月色朦胧，轻斟浅笑，酒不醉人人自醉啊！

　　可以断定，柯丰两位先生喝的都是黄酒。他们都是浙江人氏，绍兴一带的黄酒历来鼎鼎有名，这里的人有事没事都喜欢喝几樽，在淡淡的醉意中，升腾出几分江南式的温恬与快活，文人笔下流淌出的文章，也是绵长雅致从容的。我的记忆里，与浙江相邻的故乡徽州，黄酒似不能成为人人杯中所爱，那时人们囊中羞涩，宁可就着几块五城豆腐干，去喝八角钱一斤的山芋干酒，也不问津口味淡寡的"黄汤"。确实，当年的黄酒，哪有今天的醇厚爽口。几个月难买一瓶，一般是置之灶台，权且作为烧菜的料酒，与油盐酱醋为伍，解腥调味，上不了台面的。我曾试着抿了一口，其味苦酸，浅尝辄止足矣。老人的一句话我也记住了：此酒后劲大，喝过头了，不到半个时辰要发作的。

此话的应验当在十几年后，我已为人婿了。那年春节去岳父家吃饭，主客一大桌。连襟年少气盛，酒桌上打起了"内战"，非与我对垒不可。我不胜酒力，可也要争个面子。端上来的是整壶烧开的绍兴加饭，里面还有生姜枸杞。吃饭的蓝花碗满满地斟上，碗中的酒色泽橙黄透明，温香扑面，举起浅饮一口，但觉甘醇绵密，胃中升腾起一股暖意；再一大口，感到酒水顺势流遍全身，遍体舒坦；第三口双方都不示弱，竟把碗中酒一口干了。始觉骨骼关节全通，继而飘飘欲仙，最后如云里雾中，晕晕乎被扶着躺到西厢房床上。连襟也倒在了东厢房的榻上。二人隔墙，口里皆豪言壮语，大吹大擂，平生得意事尽数倒出，呈高度亢奋状。厅中一桌人算是开了眼界，岳父母恐怕也是叫苦不迭吧：怎么招了这一对酒鬼上门为婿，来年的日子怎么过？一个时辰后，东西厢皆平静下来，然后微鼾徐出。事后我方知，客人作别时，皆一一"瞻仰"过我们，我之神态相当安详。

以后去绍兴，见黄酒便自靡了三分。即便是到了咸亨酒店，曲尺柜台，方桌板凳，也只就着茴香豆，慢慢地品了一小杯，算是感受了一下上大人孔乙己。当地酒风温和，你不喝，没人与你"感情深、一口闷"的。到一个饭店吃饭，大厅前方正中有一小舞台，十几桌开席后，上面演起了越剧，都是才子佳人的感情戏。用当地话唱说，我们也能听个大概，一边跟着后面喝彩，一边抿口女儿红、古越龙山什么的。菜无须多的，白鸡、卤鹅、熏鱼、霉干菜便可。戏唱完了，酒席也散了，相当地惬意轻松。

今年春天与朋友们去宣城，酒厂茶园一路走走看看，很散淡休闲。茶场的那顿饭引得众人一致追捧，菜好，酒亦好——上了一种名为青草湖的黄酒。其味温和柔顺、醇厚绵长。我喜欢喝，径自独酌起来。看中了两味下酒菜——花生米与卤鹅翅。花生米颗粒小且饱满，表面呈暗红色，火候恰到好处，入嘴自然是余香颊齿；鹅翅卤得入味却不酥烂，且是活肉，当然更有嚼头了。只是桌子圆大，十几人比邻而坐，我之所爱转到跟前，颇费周折。索性将其大部拨入眼前盘里，就多吃多占一回。细品酒菜，从从容容地看他们打酒官司，一瓶酒也去了大半。散席后，被告知每人奉送两瓶青草湖，喜出望外，全然不做了忸怩推脱之态。心里想着居家的日子里，如何做几道可口的小菜，慢慢受用这瓶中之物呢！

合伙买头猪

　　年关渐近，日子寡淡，得弄点事情来热闹热闹。当然，是关乎吃喝的。

　　当年的中学同学主要分布在屯溪与太平（今黄山区），在一次聚会酒酣耳热之时，做出决定：年尾，集体出资买猪一头，并操办一次杀猪饭。太平同学很热情，大包大揽；其他同学亦推波助澜，不断加入，遂成一不大不小的团伙。

　　诸事繁杂，买猪为第一要务。于是在甘棠镇凤凰村定下黑毛猪一头，体重 225 斤，肥瘦适中。团伙成员散布在上海、合肥、芜湖、屯溪，自然不能一一去亲睹"尊容"；好在微信方便，一时间，一头猪在同学圈里成围观的中心，品头评足，仁智各见，高论迭出。

　　这厮黑不溜秋，一直在农家的圈里长成肉身，质品应该不成问题。一位同学从它的耳嘴等细微部位判断出这位"二师兄"绝对是农家料喂大的土货。言之凿凿，我们姑且听之。存疑的是，此公乃医院外科主任医师，何为如此这般熟稔家畜？有点旁门左道了。

　　时间紧迫，太平同学提前一天请了两位杀猪匠宰杀了黑毛猪。一行人开着蓬蓬车，载着几片大肉和拖拖挂挂的下水，欢欢喜喜地去五里外的 Z 同学家（女）。她家堂前宽敞，摆得下几桌。主事者在微信圈里郑重宣布："杀猪饭"三个字，我们太平同学已完成了两字。其实，饭亦进入了操作过程，悬念是"八大碗"还是"十大碗"抑或更多;而我们这些"酒囊饭袋"纷纷铁路公路兼程并进,个别的嘴巴里已"淡出鸟来"。

合伙人有二十余位,齐聚 Z 同学家。距 1972 年初中毕业下乡插队,有的已逾四十余年未见。感叹唏嘘岁月的流逝,也感谢一头猪让我们重逢再聚。Z 同学与 J 同学是为数极少的落户女知青,前者为队里的民兵排长所娶,后者嫁给了村里的一位木匠。几十年的辛苦劳作,相貌衣着与农妇无异。城里来的有几位,倒还是花枝招展,风韵犹存。ZJ 两同学不卑不亢,落落大方地尽显主人风范。想想也是,城里人的那点优越感当下已支离破碎,溃不成军:你有青山绿水吗? 你有清新空气吗? 还有自家绿油油的菜园子与宅基地? 更何况你生了二胎吗? 人家有儿有女加第三代,热热闹闹一大家子,子孙满堂的福气荡漾在脸上。

前民兵排长与前木匠分别在灶间炒菜烧火,勤勤恳恳,兢兢业业,烟熏火燎中,做得挺欢势。看得出,两个家庭皆主妇当家主政。男人都老实巴交,七碗八碟地做了一大桌,还偏在厨房里不出来喝一杯酒。乡间的杀猪饭我吃过不少顿,无非是几道下水与红烧大肉。一两一块的肥肉,上面还残存着几根黑黑的、长短不一的鬃毛,咬都咬不动。这顿杀猪饭,花样、味道、搭配,堪称饭店水平,尤其是爆腰花,嫩鲜爽得一塌糊涂。几十年的调教工夫,今日可见一二。

大屋是西式的,巴洛克风格的柱子、石膏雕花的墙顶……确实有点落伍的时髦,也是一种向往的表达。天气阴晦,更显清冷,壁炉是有的,恐怕从来就没有热过。炉膛里有鼓囊囊的蛇皮袋,不知是何农作物在里面。旧式的火桶立在一边,其尺寸显然是给孩子准备的,容不下成人的双腿与臀部,我想取暖而不可得。大家吃吃喝喝,说说笑笑,心里像春天一般温暖。三顿正餐,肉鱼鸡鸭,二位老公使出了浑身解数;即便是一顿早饭,也一点马虎不得:鸡汤面,上面满铺着冬笋炒肉丝,碗底还有一个油光闪亮的煎荷包蛋。

　　临行前，每人五斤猪肉，包扎好的，拎了便走。大家拍照合影，拥抱握手，呈恋恋不舍态。相约明年合伙买个什么再聚。我倒是看中了主人家的那一群豚，这是一种非鹅非鸭的家禽，肉质鲜美。腊月宰杀，用瓦盆腌之，开春晒后与春笋一起煲，非一般的腌笃鲜能比。此刻，它们也在争先恐后地就餐。伙食相当不错，吃的是未脱壳的稻谷。

梨　膏　糖

　　梨膏糖,三分卖糖,七分卖唱:小裁缝不吃我的梨膏糖,领头做到裤腰上;小木匠不吃我的梨膏糖,榔头敲到脚背上。正话反说,玩的是逆向思维,口耳相传,流传甚广。据说此叫卖曲子连同梨膏糖的制作技艺,双双入选"非遗"了。我们小时候还添上过一段:小学生不吃我的梨膏糖,夜夜尿床到天光。当然,这要用屯溪当地话来念,抑扬顿挫的韵味才出得来。

　　吃不到梨膏糖,口水流得到处都是才是真的。那时于我们而言,吃糖绝对是奢侈的享受。即便是防脑膜炎的药做成了硬糖,我们也舔嚼得津津有味,只是到最后,愈发得苦起来;再就是吃宝塔糖,那是打蛔虫用的。全校学生人人嘴里含糖,蹲下拉虫,茅坑里的情形秒不忍睹;可不少脸上斑驳阴晦的同学从此容光焕发,旧貌新颜。这些都是不要钱的药糖,小朋友们个个吃得欢欢喜喜。有一位吃过了头,拉虫一发不可收,肛门拖出了一长截,着实把老师吓了一大跳。

　　梨膏糖可是要自己花钱买的,时至今日,当年很甜很甜的糖味早已索然,卖糖师傅的形象却记忆犹新。他四十来岁,足足一米八九的个头,面容呈南方人的英俊。可惜腿瘸了,美男子美中不足矣!他每日在屯溪的街巷叫卖,"梨膏糖要哇?"典型的江浙口音,弄的全城何人不识君。当然,他的主要活动半径还是几所小学,下课铃一响,他站在门口,总是被一群孩子团团围住,宛如鹤立鸡群。只见他打开像画家写生背的夹子一样的木匣,用小刀小心翼翼地凿割下一块两寸见方、厚度不及一厘米的梨膏糖,那是要五分钱的;二三分的也卖,一样的态度和蔼,一样的笑容可掬。真正能掏出几个钢镚子买的终是少数,岂止是一饱口福,众人目光的羡慕无疑造就了实实在在的虚荣心。

我买过几回梨膏糖,太甜,就有点腻了。我倒是对瘸子很感兴趣,表现出相当的想象力:他为什么会流落到徽州的山里来?腿是怎么瘸的?梨膏糖是自己做的吗?一天傍晚,他卖完糖往回走,我竟远远地尾随着,像个盯梢的"尾巴"。他拐进了老街边的一条巷子,一眨眼,不见了。两边皆斑驳的马头墙,且无人家门户洞开。抬头望去,青藤攀缠的山墙上,一只老花猫正瞪着我。我惊骇起来,莫非他真是怀有遁身穿墙之术的奇人?怎么说没就没了呢?

那时镇上引发我关注还有鞋匠金狗和瞎子老林。前者注重宏观,喜欢分析天下大事;后者偏好微观,擅长给人算命。最辛苦的还是卖梨膏糖的瘸子,腿不好,还要每日不停地行走,寒暑易节,风雨无阻。一年算下来,走了大半个中国。好在他并不孤独,还有一位卖棒冰的妇人,背着大木箱也在转。板子在上面拍的啪啪响,高亢锐利的女声:棒冰,四分一根。纯正的屯溪土著口音。每每在夏天炎热的中午,一切都懒洋洋的,唯有他(她)的吆喝声在街头巷尾此起彼伏,中间夹杂着知了单调的嘶鸣。镇上的人习惯了,谁也不会说这干扰了睡午觉。

今年回屯溪过年,在小区外的人行道上,居然与他不期而遇。拄着拐杖,远远地过来,我一眼就认出了他。四十年未见,他老了,背驼了,但气色红润、神态矍铄,看来是老有所养,老来有福。我忙不迭地向他打拱、问好、重提梨膏糖。他笑了,说每天一出门,我这样的人要遇到好几个。

卤猪蹄爪

贵州的青岩小镇遍布着纵横交叉的青石板路和弯曲狭长的小巷,连接着无数的商铺店肆。每隔十步八步,就是一个卖卤猪蹄爪的店。但见门前雄赳赳地支着直径足有三尺的大铁锅一口,里面翻滚着酱暗色的汤汁,估该是多少种大料调成。一伙计手执长筷翻动调理,诸多猪蹄爪在里面上下沉浮,接受煎熬,一直到烂熟有度、色香味俱全。

一眼望去,满街几乎是此物的世界,店面口的大板上,整齐有序、层层叠叠、油光闪亮地码着,有点气势恢宏。我不由地想起了江苏周庄举目皆是的猪蹄膀,彼此两地堪称"上下对接"了。不知要多少"二师兄"为之后援,数字说出来恐怕也是令人咋舌的。不少人买后当街便啃将起来,其中不乏面容娇好的淑女。看到她们一头青丝略显紊乱,嘴唇边残留渍迹,我以为完事后,还是抓紧去补个淡妆为好。

袁枚的《随园食单》专有一章"特性单",历数猪肉各种做法,于猪蹄爪,则轻描淡写,一笔带过:猪爪猪筋专取猪爪,剔去大骨,用鸡肉汤清煨之。此种吃法,几近失传。炖是有的,一般与小排火腿共处一锅。寸方火腿三五块即可,调味也。蹄爪鲜腥,须咸货折冲,谓之:腌笃鲜。

在我儿时的记忆里,猪下水以猪肚猪腰为上品,猪血猪肺最低廉;猪蹄爪似乎在肉身中居末位(与猪头也许有一拼)。即便如此,也不是想吃便吃得起的。一年一两次,三五整只洗得白花花地放进大锅,下垫青箬叶,始大火,继文火,三个时辰,竹筷子轻轻戳下去,已然暗酱色的表皮便洞穿了。皮已如此,里面的胶原质材业已酥烂。文火收敛、低调,真正功夫不张扬。

这样的猪蹄爪吃起来,入味是入味,却少了一份嚼头,满嘴且弄得黏糊糊的。嘴大吃四方,美味佳林林总总,都是一个上下颚、舌头与牙齿的综合运动过程,表达的字词不尽相同,体现了汉语的丰富多样:吃、嚼、咬、啃、嗑……猪蹄爪的前缀当为"啃"字,这动宾结构乃人与之关系的精准反映。它是用来啃的,熟透味醇而不烂不糜,该是最高境界吧?

显然,徽州许氏人家的传统烧法难以抵达。吾国国土辽阔,人口众多,菜系纷杂,一个"卤"字,东西南北可做出多少灶台文章?大同小异,无非食材卤料火功耳!

农家土猪自然最好。蹄爪虽不壮硕饱满,味香道正足矣。可惜一头猪终究只有四腿,面对汹涌澎湃的需求,只能山寨赝品。肉摊上过于粗壮白净的货色,看上去便瘆人,我是决计不问津的。

卤料可开出十数味,大抵为老抽、盐、料酒、白糖、胡椒粉、葱、姜、蒜、桂皮、茴香(也有地方卤猪蹄爪呈本色,不放老抽之类的)……紧要的是各路神仙要调动有序,搭配适中,舌尖决定一切,味蕾至高无上。

近来周末经常啸聚"掼蛋",呈一发而不可收势。下午开始续延夜半,一顿晚饭是要安排的。人人竞相贡献食物,摆满一桌像筵席一般。冬宵夜短,打牌要紧,删繁就简,主食馒头煎饺稀饭(现熬,放红薯块),菜怎么减总还有五六样,卤猪蹄爪回回见,遂成众人的最爱。其源盖出于头次 L 女士将此物装满一饭盒携来,言称是本埠最好的一味卤菜,字号:老家猪蹄。门脸小,名气大,供不应求是常态。吃罢一块便自怨孤陋寡闻,在这个城市生活了三十余年,咋就不知这一口呢?

　　其实,卤猪蹄爪潜伏在城里的诸多角落里,蹄爪好吃货难买。D女士排了两次队皆落空,志在必得,最后求老板开后门预留方才得逞。可以想象的是小小的卤菜店门面前,长龙蜿蜒,尺短寸缩,慢慢蠕动;案台后的老板精神抖擞,手起刀落,嚓嚓地一分二,二分四;对面数双眼睛里写满了"馋"字,并有即将得手的喜悦。不排除有人深深地咽下已盈满颊齿的口水。

米 酒 醉 人

《水浒》里的武松一连喝了十八碗酒，非但没有酒精中毒，居然还上了景阳冈，打死了一只大老虎，这是什么酒量?! 以后有人考证说，我们今天意义上的白酒，乃是元朝以后才有的，武二郎喝的，只是米酒而已。晁盖、吴用、阮氏兄弟智取生辰纲，在炎炎夏日里挑着酒担，坐在树荫下喝酒，看来也是此物。如果那个酒是白酒，怎么可能用来"消暑""解渴"，做成了一番大劫财的营生?

陆游诗云："莫笑农家腊酒浑，丰年留客足鸡豚。"腊酒，就是米酒。做客农家，鸡呀肉呀大概是年前留下的腌货，恐怕也包括挂在梁上平日里舍不得吃的火腿。酒可是新酿的米酒，满满地倒上一碗，浅斟慢酌，家长里短春忙冬闲地扯聊着，远眺山重水复，近看柳暗花明。此等境界，很让人向往不已。其实，我们过去曾多少经历过，只是太家常，尘封在记忆的深处几近湮没。小时候，每年春节前家里都要做点米酒的，这是我家过年吃的三件大事之一，另两件分别是裹粽子与做芝麻花生糖。此活一般在过完小年后做。那时并无诚信一说，没人去搞假冒伪劣，街上买的酒曲都挺正宗。首先将糯米淘洗干净，用冷水泡 4～5 小时后放在屉布上蒸熟。蒸熟的米放在干净的钵子里，待温度降到 30～40 度时，拌进酒曲，稍压一下，中间挖出一洞，然后在米上面稍洒一些凉开水，盖上盖，用旧棉被将其严严实实裹将起来，接着就是满怀希望的等待了。大家的心情都是忐忑不安的，毕竟是几斤白花花上好的糯米啊！大约一天多便可打开，但见小洞中已盈满酒汁，香气轻扬，用筷头蘸点尝尝，若味甜不酸就算大功告成了。赶紧放置阴冷处，这样会越来越甜，慢慢受用，其味绵长。

这种家制米酒的吃法很多，主要有：下汤圆，汤圆内里最好是黑芝麻末的，不宜多，一碗有五六个漂浮其中便可；水铺蛋，烧得要嫩，蛋清脂白，蛋黄金黄。如若家境一般，则放山芋丁或藕片一同煮，也是别有风味的。我家喜欢在年三十煮上大大的一钵，父亲老人家亲自动手，加进秋天腌制的桂花糖，在炭火炉上，用文火慢慢地烧炖。整个下午，空气里都弥漫着米酒与烧菜混合着的香味，氤氲一片；我们则欢欢喜喜地奔进跑出，巴不得日头快点西移。当鞭炮此起彼伏地打成一片时，以父亲为中心，一家老小也围着方桌坐定。或许是爷爷嗜酒败了家业的缘故，父亲这辈子滴酒不沾，一年就在此时浅浅地喝一小樽米酒，舒展开常年锁紧的眉头，说些我们不曾知晓的陈年往事。我不懂什么叫品，只觉得米酒香甜可口，温温地喝着畅快舒服。几杯下去，没多久就开始晕热起来。听到邻家的孩子在门口叫，搁下碗就跑。那时没钱买许多鞭炮，一串得拆成一个个地放。借着酒劲，干些恶作剧的事情。如把鞭炮点着，从男公厕黑咕隆咚的窗户里扔将进去。一声闷响之后，总有些人拎着裤子跑出来破口大骂；我们则作鸟兽散，远远地躲在黑暗处窃笑。

成年之后，竟与米酒生分起来，改喝白酒，且喝大了。自以为到了巅峰，却来了个大跳水，从此一蹶不振。于是又改弦易辙，把盏米酒，并曰：软着陆，养性从养胃开始。也曾到乡下喝过几次，总觉一味偏甜，又不烫煮，下去颇生冷。酒都用长方形的白塑料桶装着，表面脏兮兮的，倒出来的酒好像也混浊起来。方便是方便了，却缺失了过去陶瓷罐古朴的韵味，记忆中那凸出的罐身上贴大红纸，上面正正楷楷地写着"酒"字，口子用黄泥和着稻壳严严实实地裹封着；酒也最好用一把祖传的锡壶烫着喝。这模样与情形，又好像是古书上写的了，如此向往，未免遗老遗少味太重。

杀 猪 饭

　　春夏之交,乡贤老 N 请吃杀猪饭,乡里乡亲至朋好友有一百多号人,得摆十几桌。为了这顿大餐,老 N 前些天特地派人去捉了两头休宁蓝田猪养在家里。此猪口碑不错,瘦肉多、肥肉少,肉质细腻鲜嫩,做出的火腿绝对能与老字号的金华腿 PK。

　　我喜欢赶这份热闹,提前一天来了。这是一个典型的徽州古村落,村口的碑亭虽是新修,却古风悠然:三层马头墙,上铺黑瓦;两边透空拱门,留出一大块白墙,写着两个楷楷正正斗方墨字:月潭。我估计这又是老 N 的创意,做此类事他既古道热肠且游刃有余。

　　他的宅子距亭子不远,隐隐显显在绿树修竹里,外观是徽派的,与青山绿水相得益彰;内里却是西式,每一个细节都妥帖、实用、简洁。"中学为体、西学为用",真是又好看又好住,现代乡绅的极佳居所。十六张八仙桌已擦洗干净,稳稳当当地摆出来。每张桌长凳四条,定数八人,这是乡村杀猪饭的"标配"。我是带一张嘴来的,帮不了什么忙,老 N 让我去村里转转,还给了根木棒,说是吓唬狗用的。

　　村子被青山绿水环绕,老屋犹存,大多数颓衰得不成样子;新楼栋栋,杂乱无章地矗立着。我们在一片犬吠声中沿巷陌漫步,时不时地举棒吓阻它们。其实都是看门狗,叫叫而已,不会离开自家门十米。在当下的乡村,狗多猪少已是不争的事实,猪栏空空如也,一窝猪挤成一团在槽里拱食的哼哼声已成绝响。晚饭老N摆了两桌,我等除外,都是明日杀猪饭的核心团队,有大厨、屠户、接待……推杯换盏,已然微醺,一个个蓄势待发,摩拳擦掌。菜谱最后敲定,号称"十大碗":红烧肉、红烧大肠、红烧猪血、炒猪肝、粉蒸排骨……老N深知细节决定成败,又叮嘱交代一番。两位屠户尽管多少回白刀进红刀出了,此时也一再表态:动刀前猪脖子那一圈一定仔细清洗,猪血喷薄而出,务必干干净净溅落盆中。我想帮忙烧火,没想到这也是个技术含量颇高的活。为保持杀猪饭的乡野风味,须在柴灶上做成。四个大灶一字排开,猛火、大火、文火交替进行;柴薪的加续,火候的调度,都是极其讲究的。我有何能,焉堪此大任?

因为是中饭,猪的宰杀定在凌晨四点。它们将在黎明前死去,此时恐怕也不会有主妇含泪喂最后一顿好伙食了。不是自家一把菜一勺糠养大的,哪有感情呢?杯酒催眠,上床便入睡,醒来正好四点,周遭寂静,奇怪不闻猪凄厉的叫声。披衣出门,但见院场上人影绰动,腰桶里依稀有大物。月朗星稀,杀戮已悄无声息地完成。实在是高手所为,不能不佩服。我突然想起几年前两位学者关于生命的对话,皆以猪为例。一位说:猪是所有生命中最失败的,从生到死,短暂的一生没有任何喜怒哀乐的体验;另一位的观点则不然:猪是幸福的,牛要耕作,狗要看门,鸡鸭鹅歹也要自己觅点食,而猪一辈子衣食无忧,没有烦恼,傻傻地活着,痛痛快快地死。我还想作一番形而上的思考,门"吱"地开了,大厨出来了,交代七点一定要出肉,时间耽误不得。他厨艺相当不错,尤擅长烧菜类。以往都是私房小众,这顿杀猪饭属大手笔,具有里程碑的意义。成就辉煌,在此一举,一点马虎不得。

天已大亮,我无法再入睡,就在大厅前倚着方桌,读老N送我的《徽州月潭朱氏》一书。这个村子文化底蕴厚重,历史上人才迭出,薪火相传,延绵至今,我仰慕和熟悉的许多人皆列其中。这是部非常难得的村史族书,书的编纂者有功底,下了大功夫。相邻的大桌上,整齐地摆放着四片已收拾好的猪肉,我无形中成了一个守望者。今天的杀猪饭若再策划些程序仪式什么的,便是一项民俗活动,没准就编入了该书的续集。七点刚过,大厨又出现了,围裙上身,势子端正。他大光其火,缘由是说好的各路人马一个未到。想想也是,什么时候了,身边仅有个捧着一本书,百无一用的鄙人,能不急吗?好在七点半后,一拨拨人陆续进场,以中年妇女为主,一看就是勤劳干活、手脚麻利的"主妇型"。洗碗便洗碗,切菜便切菜,烧火便烧火,皆有条不紊地工作着。倒是老 N 过了九点还在高卧,不见踪影。他在诠释什么是管理:就是让别人去做自己想做的事情,哪要什么事都要亲力亲为。

众人皆忙唯我闲,不好意思再干坐下去,于是去菜园拔葱割蒜,权且是个劳动者了。客人一批批抵达,乘小汽车、摩托车、自行车的都有,也有翻山越岭步行来的。三教九流,各类人士,为了一个共同的目标,聚到了一起。宅里院外,认识不认识的人自发地形成不同的聊天组合。在浓烈肉香漾荡的氛围里,寒暄、握手、拍肩膀、交换名片;谈高考中考、朝鲜半岛局势、钓鱼钓到只老鳖、黄金价格暴跌、某女已离婚……老 N 出现了,引经据典,高谈阔论,自然而然成为中心。当几位女子端托盘款款由厨房而来时,众人迅速各就其位坐定,杀猪饭开吃在即。

桌上除了供大家散吃的带壳花生外,通常有的碟碟盘盘的凉菜了无踪影,这符合乡村杀猪饭的一般套路,上来就直奔主题,不搞那些虚虚套套。

第一道菜是红烧猪肠,典型的徽州做法,红彤彤、油光光,上午八点就开始烧了,三个多小时的火功,完美地进入到了酽烂入味、肥而不腻的境界。我估计部分"三高"或"疑似三高"者要回避之的,没想到它一上桌,就成了箸争筷抢的对象,即将告罄;两只猪的肠有多少,得分成十几份,怪不得只能浅浅一碗。我担心这种零打碎敲的上菜方式会让老 N 为首的主事者陷入尴尬,众人意气风发,胃口大开,势如扫货。菜得"捆绑集束"端将上来方能成席啊!后堂有人所见与我略同,控制住了节奏与频率,两至三个菜同时推出;当家的红烧肉一出现,绝对的傲视群雄,高潮已然。块头大,分量足,不折不扣地受用一块,其他菜只能浅尝辄止。

举起筷子吃肉,端着杯子喝酒,一桌桌热闹起来,杀猪饭渐入佳境。我不胜酒力,亦不敢太痴迷肥醇之物,便去厨房讨些腌豆角辣椒之类吃。厨房零乱却不混乱,忙碌却还井然。以大厨为中心,洗切烧端自成一条流水作业线。大厨红光满面,挥锹扬勺,很有范。看得出,他苦恼的是场地太局促,如同名角缺一个大舞台。老N家有两厨房,小的是家庭式的,几口人吃喝;这个是大的,运作两三桌饭菜耳。如此的大文章,焉能做得风生水起,得心应手?最大的问题还是火候的掌握,这不,猪肝已入锅,须猛火爆;可柴灶膛里的火偏偏如传统的徽州人,一味地收敛沉稳。大厨急,下面烧火的妇人更急。我庆幸昨夜自己的明智,同时对妇人由衷敬意,担当如此责任,烟熏火燎几小时,真正的无名英雄哦。这时,进来两个催菜的,我不以为然,冷眼相对,感叹道:真是前方紧吃,后方吃紧啊!

我坐的这桌,四男四女不是很熟稔,吃喝的也就矜持。邻桌有人过来和我要"走一个",我只能扬扬手中的茶杯。此时不善饮,很容易被边缘化,口表也显硬涩。那些喝高的,自然是壮怀激烈,妙语连连。想当年,鄙人在酒桌上,也是"金戈铁马,气吞万里如虎",如今颓化得只有看的份了。大厨出来了,众人轮流向他敬酒,呈众星捧月状。菜烧得的确不错,功成名就。听说晚上还有六桌,我暗暗地说:兄弟,悠着点。

砂　锅

科学实验表明,密封的砂锅在文火的作用下能均衡而持久的把外界热能传递给内部食材,有利于水分子与食物的相互渗透;这种相互渗透的时间维持得越长,鲜香成分溢出得越多,能最大限度地释放食材之味道。

道理是显而易见的:充沛与饱满一旦走向内敛,最终的脍炙人口便是不二的结局。同理,天下的许多锦绣文章也是如法炮制出来的。无独有偶,日本有一老人叫村嶋孟,85 岁,1963 年就在大阪开了一间大众食堂,门口常年排大长队。大家都冲着能品尝一口由村嶋亲自煮出来的白米饭而来,老爷子也因此被称为"煮饭仙人"。他做饭,米、水、淘都很重要,最关键的是煮的功夫。一旦冒出白色的热气,便要迅速地把米饭转移到木桶中并盖上盖子,不能走掉丝毫。米饭纯正的香气在严严实实中得以原生态地保留。

记得儿时厨房里的砂锅有三,大中小排列,颇似桃园结义的兄弟。

小砂锅有把手,专门用来熬中药的。那时家中多人生病,每每都要用中药"扶正祛邪"。一包包根根草草的东西用文火慢慢地熬,几个时辰下来,那汤浓黑醇厚,苦若胆汁;几贴下去,病去如抽丝。父亲是老中医,常说:长长病,不伤命。那些年里,家里是文火生生不息,药味袅袅不散。那只熬药砂锅久经煎熬,里外通体发黑,我怀疑里面即便放清水煮煮涮涮,喝下去也能包治百病。

111

中砂锅负责料理家常菜肴,也使我对白菜豆腐至今还保持着一种深深的眷念。这最朴素的菜肴,做法也是有讲究的,尤其在数九寒天。豆腐须是厚一寸、长宽各两寸的老豆腐,数九寒天置室外冻一宿;白菜则是打了霜的"黄芽白",褪去两层外皮,活脱脱的如同那件国宝——翡翠白菜。先将豆腐一切二放进砂锅里,文火滚得它洞眼绽开,白菜方可跟进。边烧边吃,其乐融融。若奢侈一点,放五至七枚弥足珍贵的干虾米进去提调提调,其鲜无比。

大砂锅一般是千呼万唤始出来。它的闪亮登场大抵在大年三十,一年一次从碗柜里取出,得用淘米水好生擦洗几遍。它的使命实在是重大神圣:年夜饭的当家菜——腌笃鲜系于一身啊!那是集十几种荤素菜肴之大成,皆为精华也。年三十早晨天刚蒙蒙亮,勤劳能干的姑妈就开始忙碌了,栎炭在炉子里烧得暗红,直径尺余的大砂锅很气派地踞于其上,唯我独尊。先进去的是火腿、小排;滚开后,板鸭、肚条次之;皆是腌鲜一对一地联袂而入。火腿是腿心,小排要肋骨,肚条须肚尖,板鸭只取胸脯前的两块肉。两小时后放进冬笋、黑木耳、皮肚、肉圆。冬笋的质品自不待说,黑木耳已泡得很舒展;肉皮肚半个月前就到老街的那一家去买了。一进腊月,店家就在门口支起一口大锅,里面沸腾着滚油,炸出的肉皮肚又大又蓬松,生意好得一塌糊涂。最后放进的是豆腐角,黄灿灿、四方方,炖半小时就很灌汤了。

我家除夕夜上菜严格按顺序依次而行,二十年未曾变化。那道腌笃鲜当然是压轴的了。锅盖打开,热气袅袅,香味四溢,众人热烈欢呼。挂在正面墙上的祖母像在飘忽的热气中似乎变得生动起来,她正眉目慈祥、和蔼可亲地望着后代们大快朵颐。

斗转星移,岁月悠悠。砂锅今天在我家厨房里仍有至尊至荣的一席之地,即便已陷入众多锃光发亮的金属器皿的重重包围。不敢说文火砂锅炖到底传承了什么家风文化,舌尖的享受也可以追终慎远。冬春两季各用一回。当然,一般是秘不示人的,非家庭的核心成员不能受用。

文　火

辞书上将文火谓之微慢之火，对此释义我一直不敢完全苟同。与武火（明火）相比，是缺失了张扬与恣意，但它那份含蓄与内敛所带来的热能，却没有一点轻浮。

记忆中的文火总是与那一篓篓木炭联系在一起的。篓是用竹篾编的，白生生地泛绿，洋溢着一股子大山竹林里青翠的气息。好炭乌黑发亮，敲上去"当当"地脆响，一使劲，就断裂成几段，木质的纹理清晰可见。我以为枥树的炭最好，耐烧、发火，暗幽幽地却蕴含着无限的热烈；最后残存的灰白白的，也是最好的农家肥。炭比柴贵，那时无煤气、液化气，一般人家都是炭柴交替使用，各司其责。大凡烧水、煮饭是要在柴灶上完成，属"粗放型经营"；而炭炉文火伺候着的是熬煨之类的精细活，讲究的是功夫。童年时代的我对文火的感情颇为复杂，一则让我对白菜豆腐至今还保持着一种深深的眷念：这最朴素的菜肴，做法也是有讲究的。豆腐须是厚一寸、长宽各两寸的老豆腐，数九寒天置室外冻一宿；白菜则是打了霜的"黄芽白"，褪去两层外皮，活脱脱的如同那件国宝——翡翠白菜。先将豆腐一切二放进炭炉上的砂锅里，文火滚得它洞眼绽开，白菜方可跟进。边烧边吃，其乐融融。二则使我对中药的汤汁望而生畏。那时家中多人生病，每每都要用中药"扶正祛邪"。一包包根根草草的东西用文火慢慢地熬，几个时辰下来,那汤浓黑醇厚,苦若胆汁;几帖下去,病去如抽丝。那些年里,家里是文火生生不息,药味袅袅不散。那只歪把子的熬药罐子久经煎熬,里外通体发黑,我怀疑里面即便放清水煮煮涮涮,喝下去也能包治百病。

文火是一味成熟之火、稳健之火,在故乡徽州,它衍生了火桶、火篮等等器物,使人们在寒冷冬天的生活变得温暖、妥帖、徐缓。文火也在相当的程度上暗合了传统徽州人的气质与性格——沉稳、内向、守拙。"手捧苞芦馃,脚下一盆火,除了皇帝就是我",那火定是木炭之文火。至于那道名闻遐迩的菜肴——徽州一品锅,冬令时节吃起来,更是其味无穷。菜有七层,笋类、干蕨菜、切成块状的五花肉、油豆腐、肉圆或蛋饺是必不可少的。锅须是生铁锅,炉须是炭火炉,最关键的还是火功,须用文火细细地煨烧两个时辰以上。最高境界就是五花肉近似东坡肉,入口即化。那油层层渗下去,锅中之物能不让人大快朵颐?难怪胡适这样的大文人嗜食之,并每每用之待客。其妻江冬秀,亦是位制作徽州一品锅的高手。

在当下的城市里,已很难觅得取材木炭、原汁原味的文火,即使在广大的山乡,它也开始渐去渐远。但文火又是与时俱进的,那电炉、微波炉、电磁炉、电烤箱,都不是把文火的精魂发扬光大了?特别是电磁炉,含蓄到了不见火光,但见温度。此时,窗外正飘起2008年的第一场雪。老天不卖力,懒洋洋地动作着,慢慢地把树梢、地表、屋顶撒上一层薄薄的白。即便如此,也复活了不少人久违了的浪漫主义情调。我等枯燥乏味,只能踏雪去菜场购斤把活鲫一尾,鲜菇及姜蒜葱若干;顺便沽得上好绍兴花雕一瓶。鲫鱼很肥硕,应了"冬鲫夏鲤"这句老话。锅里将其两边炸得微黄,加进一干佐料,便放到电磁炉上,用那现代文火伺候了。然后就是酌酒喝汤吃鱼,受用的感觉无以言表。

餐毕,顺手摸了本《克伦威尔传》读了起来。17世纪的英国"光荣革命"颇似文火,温良恭俭让,绅士风度地弄着,倒也捣鼓出个大英帝国来；海峡对面的法兰西后来明火执仗地干，国王、贵族、革命者自己，一拨拨地上断头台，很有些"天街尽踏公卿骨、内库烧成锦绣灰"的摧枯拉朽。血流成河了多少年，一直到 19 世纪后叶才最终稳定下来。法国人骨子里太浪漫且急躁，殊不知有时社会变革也需要文火炖肉的耐心呀！

吴先生的炖煨

歙北有一村，村南有一叟，吴姓，退休老师，通文墨，子孙满堂。

老先生身体康健，胃纳极佳，尤嗜炖菜。春夏秋冬，荤肴素蔬，皆炖近糜烂而食之。家中无他人与之食性相投，敬而远之；老人遂单吃。

长子孝，特置办火煨一只。外形及把手篾编，内有一陶钵，上口直径足一尺；另有黄铜火筷一双，上祖传物，通体澄亮，下端烟熏火燎，微黑。

炖菜常年用的是猪排骨，肋条部位。一尺左右，斩成十余段节，每次仅用三四矣。村东老洪卖肉，每隔三两天，留一根肋骨给老人，寒暑易节，已成定制。吴先生晨八时必至，老洪用麻线扎好，恭敬奉上；吴先生接了，也不搭话，迈着方步径直去了。老洪猪肉生意红火，本不想收这区区小钱，况且当年是吴先生学生，十分顽劣；而今幡悟，口口声声那年那月辜负了吴先生，如今一门心思卖好肉供儿子读书。吴先生不要免费肋骨，只是零取整付，月末一结。

老人家有细瓷盖盅一只，亦是祖传。上有牧童放牛图，春风杨柳，栩栩如生。盅里清水冷冽，几块骨，生姜数片，大盐若干粒，置火煨网状铁丝格上。下有枥炭数块，文火，暗红，内敛，不露声色。

炭乌黑黝亮，食指敲之，铮铮作响。如今山里烧炭人家愈发稀少,火熜的孪生兄弟火桶大多改换门庭,投靠方便实惠的"电"了。木质之炭恐最终难逃绝响命运,吴先生忧心忡忡。他笃信:唯有这熜中炭火之功,才能炖煨出这至真之味。

这种炖煨是很靡炭费时的。足足三四个时辰,盅里之物在微微漾动的汤汁中摇摆沉浮。佐物必不可少,如萝卜、莴笋、藕节……吴先生讲究时令,深恶痛绝反季节之"大棚菜"。以上菜蔬,一次一样,也只五七块,一般在过半节点时,切成滚刀状入,藕节可稍早。最终骨肉疏离而近于酥烂,筷轻触而碎;佐物亦入口即化,味醇绵长。

吴先生一人居老宅,画梁雕栋犹在,只是妍颜褪尽,满目斑驳。偌大空间,老人家一人操持炖煨事,形影孤单。香味缭绕,引来猫狗眈眈。他不驱赶,任其环绕膝下,垂涎三尺。读一本古书,偶尔用火筷动动炭块,握掌火候。也拎着火熜房前屋后走走,菜园里顺手拔一茎蒜。他偏好蒜叶,切细后入最引味。白花花汤里漂浮几点绿翠,也好看。

萝卜用最多。吴先生信其理气益脾,尤其是初霜打过的冬萝卜。自家菜园拔出,白脆生津,他只取核心部位几块;余者,生吃,连连说:赛梨!赛梨!有时无满意之时令菜,会在罈中撮出十数粒陈年老黄豆,洗洗投入盅。炖得肿胀,几近糜烂。老人家用筷头徐徐夹出,一粒粒地点着吃,模样很受用。

一盅炖菜,也就一小碗而已,吴先生独享。正餐时,长媳在自家柴灶上煮出的米饭里给老人送一小碗,浅浅足矣;他似乎更喜欢铁锅里烤出的玉米饼。玉米粉颗粒较粗大,内里五花肉丁腌菜,两面焦黄。咬一口饼,啜一口汤,此种境界,也非当地民谚能完全表达:手捧玉米粿,脚下一盆火,除了皇帝就是我。

吴先生的炖菜非常私密,偌大家族,人丁兴旺,居然无人尝过。唯一的是几年前长孙考大学前夕,破例喝了一盅。事后被问及味道如何,长孙笑而不语。放榜后,被京城一所重点大学录取。

咸　　货

　　春天来了,鄙人寒舍的阳台上,照例要晒几件咸货的。它们面朝窗外刚透出新绿的柳枝,沐浴着明丽的阳光。想着来日里咸货的诸多吃法,枯燥的岁月似乎变得光鲜起来。

　　据说过去东北人家嫁女,得要先去窥看一下男方的院子里有多少口腌酸菜的大缸。缸多且大,说明这户人家家大业大,人丁兴旺,根底殷实,"翠花"过门后不会受苦的。无独有偶,当年徽州乡村家庭的富足指数,则是开春后你能挂出多少咸货。老屋斑驳陆离的一面墙上,悬着一长溜子此物,猪头、前后胛、五花肉……冬天暖洋洋的太阳照着,未曾褪去的粗盐粒晶莹发亮。当家的主人闻着淡淡的花椒味,脸上漾满了农耕时代的心满意足。那时,乡里人来拜年,我们问他年景如何,开口就是:去年养了几只猪? 他笑吟吟地张开出一个巴掌,我们的眼光便直了。猪多肥多粮多,循环往复,日子焉能不滋润? 他不会空手来的,这不,从篾编的箩筐里拎出两刀五花腌肉送与我们,一刀足足有二尺长、五六斤重;还满嘴客气话,末了,不忘叮嘱一下:才起缸不久的,还得好好晒些日头。

　　这是经验之谈,为了舌尖上的享受,你得坚持不懈地做一段时间,短则十天半月,长则一月有余。咸货好吃与否,腌的时辰工艺自不待说,晾晒的工夫亦至关重要。窃以为:咸货香自晒中来。一般是在立春后,咸货们从暗无天日的缸中桶里起身,苍白、松弛、臃肿。此时食之，再好的佐料搭配，它也是一味的死咸。万物成长靠太阳，只需三五个大好晴天，就可否极泰来，华丽转身，通体变得饱满、润亮；太阳落山后，切莫忘了搬将进屋，它在夜晚是不能上承天露，下接地气的。当它们油光光进而整个渐渐泛黄时，就再不能在光天化日下裸晒了。于是，老屋大厅前当年吉辰悬挂喜庆大红灯笼的精致吊钩上，便垂下了一挂挂闲货。柔柔的风从冰凌格状的窗棂中吹过，轻拂着它们，慢慢地风干。下面走走进出的，都是些胼手胝足，躬耕于田垄的庄稼人。那些风雅倜傥，谈笑挥洒的儒商们哪里去了？世事沧桑，往事如梦，昨夜的星辰昨夜的风，皆化成尘世烟火矣！

　　咸货的品种林林总总，我的印象里，皖西一带为最多，大凡可食用的动物，都可腌制为之。一次去寿县，进一人家院落，满眼都是晾晒着的咸货，猪、鱼、鸭、鹅、牛、羊、狗、兔……琳琅满目，蔚为大观，我怀疑主人是个做此买卖的商户。请吃也是十盘八碟地上咸货，且都是蒸的。倒是原汁原味了，也颇鲜美，但味蕾被咸得几近麻木，得一盅桂花莲子甜羹已成最大奢望。皖南人吃咸货喜欢用文火慢煨着。清明前后，漫山的竹笋拱出了头，咸货也正好晒的大功告成。食指粗细的水笋卸剥去了外壳，露出白里泛清的身段，切成一二寸长短模样。笋乃生涩之物，与咸货同煲共炖，方能入味好吃；后者亦能尽量释放咸鲜，求得中庸。我最中意的是五花肉炖笋，功夫菜，文火须两个时辰。不耽误看书写字，只是香气从灶间袅袅出，撩拨得你心猿意马的。五花肉捞出切片装盘，肥瘦相间，层次分明，亮晶晶地富有动感。还有一味咸货也是喜欢的，徽州土话谓之"豚"，巢湖一带叫"洋鸭"。模样似鸭，体形更富态，行走更绅士，肉质更纤细。与冻豆腐一起炖，绝对双赢。

　　当下人们注重养生保健，咸货在食谱里日见式微，特别是联系上了心血管疾病，更是被冷落疏远。乡村里再也不会以咸货的多少来衡量富足的程度，劳动力的匮乏，使猪变的愈发珍稀，那里似乎成了狗的世界。我家的阳台上，咸货也是年年日见凋零。胃口的改变终究不能毕其功于一役,抵御诱惑也需要意志的。咸货还是要吃的,不断地做减法吧。有趣的是,去年几件咸货晒毕移到北阳台背阴处风干,竟引来大批鸟雀飞至啄食,我们竟全然不知,见它们上下来回穿飞,甚是奇怪。发现后精华全去,剩皮骨而已。看来它们亦好这一口,我等不孤。

乡村小酒店

从前读《水浒》，固然欣赏梁山好汉们的杀富济贫，替天行道，亦向往他们吃喝的风度与做派。这不仅是聚义厅里一帮哥们一起大碗喝酒，大块吃肉；某好汉行至一路边小店，但见酒旗斜出，肉香飘来。他进门便嚷嚷：切三二斤肉，烫壶好酒来。末了，嘴一抹，一锭大银掼在桌上，头也不回地走人。每每读到此，击掌叫好。喝酒吃肉，最好乡村小酒店！

一段时间，某省道两侧，乡村小酒店便雨后春笋一样冒出，有的为招徕生意，竟让小姐上路拉客，衣妆七仙女模样。我等遇之，只能落荒而走。倒不怕被麻翻成了人肉包子；一旦被拖下水，做了苟且之事，又如何在场面上做人？当下，此类现象几近绝迹，至于会不会被宰一刀，那就要看你的运气了。古风悠悠的酒肆已不可见，你只要留心去寻觅，或许还能品味到一缕绵长的古意。当你旅途人困体乏时，突然车一转弯，一粉墙黛瓦房舍赫然在目，门楣上书：古徽人家。那字写得颇见功底，很有些乡村老秀才的风骨。门口修竹如篁，樟树如盖，一溪清水绕屋而过。进门见得窗明几净，大厅敞亮，三五张方桌稳稳当当，桌的四方皆为陌实的条凳。中堂有年画和条幛，自然是喜庆热闹的福禄寿之类。推开后门，竟是一方数亩的大塘，微微涟漪，推着几片荷叶轻摇慢摆。好事者嚷着要点菜，就往灶间里去；其他人喝茶便喝茶，打牌便打牌，如厕便如厕。女主人春风满面，利利索索地配菜炒菜，忙得不亦乐乎；男人懒惰，兴许是被惯坏了，泡好茶端来瓜子就没事一样，站在柜台后面抽烟喝茶，等着我们吃饱喝足，结账付银子。

等吃有暇，我便去屋后菜园，看满畦的碧绿鲜活，顺手砍几颗白菜，拔几把芫荽，挖几个还没长成的红薯出来。实在闲得无聊了，就坐在门口的竹椅上，逗那只看家的大黄狗；或蹲在小溪边，数水草下藏着几条小鱼。有时也会自告奋勇去锅台炒菜，趁主人不备，做过几回多打个鸡蛋、多放几块肉的勾当。

认定了一个或数个菜，当然是田园味十足的，我们便成了铁杆的回头客。往返黄山，以前总要在宣城高速出口的那家土菜店吃饭，每次必点干锅鸡。土鸡剁块，与辣椒、蒜瓣共一锅端将上桌。边烧边吃，时间越久，其味越醇，然鸡之鲜嫩不减；那蒜瓣入口即化，浓香绵长。去多了，便与主人稔熟了，每次没进门，那声音就从里面抑扬顿挫出来：合肥客来了！口耳相传，吃客盈门，有时竟能在同一时间碰见几拨熟识的。有回遇见一位，似曾相识，紧紧握手，说了好一会一番孩子可好、身体可好、工作可忙的话，就是想不起他姓甚名啥。末了，待我去付钱时，他已把单买了，人已走的不知去向。如今合铜黄高速已通，不走那条路了，那份口福也渐去渐远，那位颇具古风的朋友不知能否在另一个乡村酒店里重逢？

这些年，这村那店的名字已依稀仿佛，留下只是颊齿存香的记忆。南屏的一钵虾皮炖萝卜片，纯且香，用的是刚出泥的萝卜；太平湖边的辣烧翘嘴白，鲜辣得一塌糊涂；至今还保留着店主送我的土制名片，那上面楷书着：何日君再来。休宁山里的狗肉火锅，真正是冬天里的一把火，只是饭桌下有条毛茸茸的家伙在走动穿行，打扫战场。我很不以为然：这厮好不懂事，怎么啃自己同类的骨头？

我最喜欢春天在徽州乡间闲逛：正是野笋与蕨菜茁壮成长的日子，腊月里腌下的肉亦起缸晒过。那边的乡村酒店，每每让我流连忘返。有一回,时值暮春,在屯溪吃了午饭往合肥赶,但见山平路坦,两边的竹林日见稀疏。我不免黯然起来:再吃小野笋炒腊肉,恐怕是一年后的事情了。见一路边小店,马上停车,唤起已午休的大厨点火炒菜,多给银子就是了。一刻钟后,上来油光光的一大盘,居然吃得干干净净。我惊诧:胃口咋如此之好?

一天 200 碗

馋人不懒。

岁末冬日，一早我们就奔岩寺古镇而去。目的明了：去吃酒酿元宵。

梁实秋先生有文写馋，北平一老头风雪夜披衣戴帽，携半只啃剩的鸭梨出门，奔走一个时辰，为的是吃一小碗温悖伴梨丝。而今风湿雨冷，树衰草颓，我等如此这般，也是馋相尽出。

岩寺酒酿元宵，远近闻名。全凭吃客口耳相传，免费广告。山高出俊鸟，巷深有酒香，一个真正的吃客，他的足迹应在寻常巷陌，布衣灶头。行万里路，吃万家食，人生足矣！一道家常菜，会让你久久回味而不能忘却；同样，闻风而终未遂，亦会陷入深深的失落。我曾向往黄峰口的红烧肉，二道岭的瓦块鱼，一旦身临其地，却已改换门庭，旧主不知何处；那种沮丧，绝不是错失一顿大宴所能比拟的。

在徽州，古镇老街一般临河而筑，当年水中桅杆林立，岸上店肆接踵，农耕时代的人行物流，舟楫是最便捷的承载，一条老街，就是当下一座活色鲜香的"万达城"啊！遥比那时的繁华竞逐，老街而今大多凋敝破败，五城、溪口、渔亭、万安……这些名噪一时的古镇老街，商业的风头已被身强力壮的"新街"抢去，其萧条冷落已近惨不忍睹。后者大多弃水从路，店铺在县道、省道乃至国道边逶迤排开，风尘滚滚，市声熙熙，谁还去光顾蜷缩在街巷深处的若干苟延残喘？

岩寺，徽州古镇之翘楚。千年延绵，曾经"鳞次万家，规方十里，阀阅蝉联，百昌辐辏"之繁华。它的老街真是了得：共有上街、中街、下街、前街、后街和云峰街六大街巷，各色商肆，方圆百里，是为龙头。尽管风光不再，经过一番修复，也还有模有样，只是未能修旧如旧，穿行其中，感觉到的是一种落伍的时髦。

有一段老街，古风犹存。青石板路蜿蜒曲折，路两边微店小铺渐次排开：杂货店、剃头店、猪肉铺、中药房……路人寥寥，生意清淡；铁匠铺也全然没了炉火熊熊，火星飞溅；唯有淬过火的镰刀锄耙堆放着，暗幽幽地发出冷光。一个徒弟模样的年轻人坐在门口矮凳上，专心致志地把玩手机，已然忘我。

路中段，有店幌高悬，书写：灵山酒酿。门楣亦有横匾，黑底黄字。徽派建筑，两层楼阁，前店后坊。门面不大，间距仅几块门板耳。才临近中午，生意已近尾声，我们口福，拿下了最后三碗。据说很多人没有踩好时点，乘兴而来，扫兴而去，不知咽下多少口水。

店堂与普通小吃铺无异，简陋略寒酸。数张方桌，几把条凳，一玻璃柜临街，内置器皿，后有大锅三口，温煮酒酿用。老板为一中年男子，例行公事模样，按部就班操作；员工三四人，皆家庭成员，妻、妻妹等。我想起时下某家喻户晓商界人物，十几年前，开一小铺，人员为新婚妻、小舅子。

不解的是，外面吃客翘首以待，何故中午就早早收摊？老板笑我不懂，它的基本流程有六七道工序，这里是下午蒸米，夜里酿造，第二天上午卖出。一个流程需时三天，循环往复。这种纯手工劳动糜时费力，老板初心不变，小本买卖，一天就卖200碗。

其实，此物幼时家中也是做的，过程当然知晓。每年年三十都要煮上大大的一钵酒酿，父亲亲自动手，加进秋天腌制的桂花糖，在炭火炉上，用文火慢慢地烧炖。整个下午，空气里都弥漫着米酒与烧菜混合着的香味，氤氲一片。当鞭炮此起彼伏地打成一片时，以父亲为中心，一家老小也围着方桌坐定。或许是爷爷嗜酒败了家业的缘故，父亲这辈子滴酒不沾，一年就在此时浅浅地喝一小樽米酒，舒展常年锁紧的眉头，说些平生得意事。聊得最多的是他20岁那年，给18岁的姑妈张罗婚事大厅里摆放了多少桌喜酒，姑妈的嫁妆装了满满的两船，走汶溪河运来……我不懂什么叫品，只觉得酒酿香甜可口，温温地喝着畅快舒服。

灵山酒酿6元一碗。标配是蓝边碗浅浅一碗，周边6个芝麻馅元宵匀布，酒酿呈团状居中，内里浮一糖水荷包蛋。它确实名不虚传，绵甜、温润、厚稠、悠长。元宵糯香，荷包蛋嫩滑，与酒酿相得益彰。

一碗下去，我竟有点晕热，恭维老板，东扯西拉。老板乃灵山人氏，祖传手艺，原是一挑子，走街串巷卖，风里来雨里去；前年才租店面，坐地生意。我问酒酿好吃奥妙，回答米好酒曲好。仅此而已，商业秘密，再问不便。我又问既然生意如此火爆，何不去寻一个好地方图大发展？诸如屯溪老街。他笑着摆手：那里房租太贵，不如在家门口熟人熟事；也是租房，一月千元足矣。说罢，起身忙乎他的事情去了。我还得闲逛一阵子，胆小，开车回去，担心警察抓我的酒驾。

第三辑 ｛ 这村那乡

白 际

幼年时，长辈嘴里白际与璜尖并列，神秘、令人生畏，无非是那里的老人活了七八十岁，竟不知汽车为何物；山头上的人家，依然刀耕火种。近年白际出镜率颇高，通车、通电……皆冠以"最后"，很吸引眼球。更何况白际还打出了相当雷人的广告语：蓝天与白云交际的地方。

车过东临溪，往前便是汉口，路好，风景不错，尤为可圈可点的是车少人少。想想此时此刻那些名村名川车堵人塞，举步维艰，心情何来轻松怡然？外人到徽州来休闲，得跟着鄙人之类的土著后面跑呀！

一拐上去源芳的道路，立马就有了进山的感觉。山依然苍翠，但秋意已浓，若迟来半月，定是一片红黄主打的斑斓。在勒有"徽州大峡谷"几个大红字的巨石左侧，一条更窄的路蜿蜒上行。看到入口处有两石墩立，仅容一小车通过，我心安了几分：窄路相逢时，大概不会面对机动庞然大物了。

路是油路，还算平整，只是几十米便是一个弯道，须不断减速鸣号，机械地重复，也是乏味的。想起一道高考作文题"弯道超越"，放在这里，纯属扯淡了。往来的车很少，按喇叭固然是告知，也是给自己壮胆，平生以来，这样的山路是第一次开。好在目不斜视，万丈山壑，莽莽苍苍，只见路宛如一条细细的带子，系挂在大山的腰间。但又觉得不美,好像一台崭新的车,身上被重重地划了一道痕。世事总难全,没有路,当年山里百姓的日子何等艰难,真正是"可怜无数山"了。

登顶过半时,遇一送亲车队停在路边,小轿车三,坐新郎新娘及至爱亲朋;双排坐车一,各色嫁妆堆得满实:家电细软,还有篾编的箩筐,未见鎏金雕花的红漆马桶。我下车拱手祝福,新郎连连道谢,喜烟喜糖奉上。在这险峻的山道上,巧遇这等好事,心里顿时盈满了欢喜。

白际岭1208米,下行10余公里,但见屋影瞳瞳,鸡鸣犬吠,白际乡到矣。见不到巍峨的祠堂、华美的牌坊,徽州乡村标志性的、有点沧桑的粉墙黛瓦房舍亦鲜有。史上达官贵人富商大贾"没得出",世世代代的乡民守着这块土地,日出而出,日落而息。当年听说朱元璋要从这里打马过,众人去恭迎,却空等一场,是为"白接"。"白接"在当地方言里与"白际"谐音,因此也成了地名的来头之一。莫说此处天高,与皇帝老儿也近着呢!拿得出手的人文景观寥寥无几,人民公社时期的标语、物品已然为"物质文化遗产"。由于不是山寨版的赝品,倒让人真切地产生出往事如烟的感慨。脑子活络的当地人想搞旅游,干脆说出直白的大实话:什么都没有,只有原生态。森林、峡谷、瀑布、古木、高山梯田,还有潺潺流水、新鲜空气……靠山吃山,靠水吃水,老祖宗就是这么过来的。更何况当下多少城里人身心疲惫,狼狈不堪,这里没准是他们寻觅千百度的世外桃源呢!

路通了,这几年的动静挺大,一栋栋新宅拔地而起,与那些灰暗斑驳破旧的土屋混杂,活脱脱像一个人穿了西装,脚上却蹬着一双草绿色的解放鞋。有一户楼高三层,装饰颇华丽,只是大门落了锁,也许主人与我们对冲,去城里度"黄金周"了。你稍稍往山里或村外走走,乡野风景无与伦比,清澈、明亮、简单、安静,你若想做一个梭罗式的人物,不妨来白际长住。我等缺乏定力的凡夫俗子,估计住两三天就要拔腿而去了。

　　山里人的生活还是很艰辛的,所遇基本是老人妇幼。几个妇女在半山腰一块块巴掌大的田里收割晚稻,你从她们饱经风霜的脸上,绝对猜不准实际年龄是多少。其中一位挑着两大箩筐稻谷下山,足足有一百多斤。我在村道上还与一位砍柴下山的老汉相遇,衣着之破旧,让你想立马把自己身上穿的尽数"裸捐"与他。

　　老人笑呵呵地与我攀谈,完全的知命乐天。当然,山里人也是有脾气的。一位驴友曾在此过夜,当然是属于卧枕爱听流水松涛声的那类。看见一帮人在小卖部的灯下推牌九玩耍,不以为然,不识时务地说了两句。一山人眼一瞪:我们这块可不比你们城里,又没有小姐!

白云生处人家

老同学洪印邀我元旦去他家吃杀猪饭，我很喜欢这乡村烟火味甚浓的事情，立马就答应了。他家的两头猪原本在年内就开刀问斩的，为了我，硬是让它们苟活了几天，徒糜了好些斤饲料。

辞旧迎新，晚睡晚起，驾车出城都快九点了。冬天的山野尽管萧瑟、单调，但疏村寒林，衰草烟迷，倒也如一位新安画派的高手用枯笔淡墨绘出的景致。路过一个个村子，猪凄厉的叫声此起彼伏，时为二九，当地的风俗是要杀完年猪，腌制入缸的。不少杀猪佬就在路边大开"杀戒"，白刀进红刀出，腰桶热水，开膛破肚，大卸八块，公路成了屠宰场，空气里弥漫着血腥味。

车很快就开始爬山了，道路险陡，弯曲迂回，山变得深沉莽苍起来，一个个粉墙黛瓦的村庄尽落谷底，未曾融化的雪白皑皑的，放眼望去，竟有了"雪拥蓝关马不前"之感。事后才知道，我们翻过的是皖南赫赫有名的长陔岭。下山后不久，便见一人立于路中，细看，乃洪印也。他手机联系不上我们，于是见车就拦，急惶惶可见一斑。

洪印是地道的歙县南乡土著，当年师范开学报到，他是穿着件灰布对襟褂，斜挎着一柄暗红色的油纸伞来的，还有一个大包袱，抖落开，是一叠线装书和一摞苞芦果。书有《唐诗三百首》《古文观止》；苞萝果用玉米粉拍成，里面羼进了腌白菜，大得惊人，像个小脸盆面,足足吃了一个月。三十多年过去了,衣服换成了中山装,相貌老矣,神情依旧。作为退休教师,在乡村自然颇受尊重;何况那按月发放的工资,数额也足以保持一种体面悠哉的生活。我注意到,在众多的乡民中,他可是唯一脚穿皮鞋的,尽管那鞋已相当破旧。

他的家在半山腰,要几百级台阶走上去,风景绝佳,但最让我们感动的,还是陡峭的山边开出的一块块巴掌大的地。上面种的就是几棵青菜、半垄红薯、几把葱蒜。世世代代的山里人,靠山吃山,日子的艰辛可想而知。当然,当白云从山顶飘过的时候,也有心向远方者,当年那些"短褐至骭,芒鞋跣足"、行走在徽杭古道上的,亦不乏此处之人。梦想成为现实终归寥若晨星,这里不像山外面,青山绿水间少有巍峨堂皇的牌坊祠堂、古居楼阁;那散落在山头上的一户户人家,就渐去渐远的农耕时代而言,表达的是一种坚守,还是无奈呢?

洪印家的两头猪已杀完。猪很肥,足足有四五百斤肉,搁在几个大篾匾里;几个杀猪佬正围着桌子喝酒吃菜,面色酡红。我打烟过去,他们不急着抽,架到了耳朵上;这段时间,他们最忙,也最吃香,好饭好菜伺候着,一百斤肉还可收十五块钱的"屠资"。领头的是洪印的亲戚,这就免了,拿走的是猪脖子上的鬃毛,据说挺值钱的。洪印今天摆的是流水席,他们还要去另一家忙乎,收拾完毕,我们便坐上吃杀猪饭。

菜无非是大肉、猪肝、猪血之类,同行的声皖兄与洪印杯盏往来,聊起了昔日的同窗时光。我不胜酒力,也心不在焉,一听到山对面猪在嚎叫,便跑过去看热闹。可惜到后猪已被放倒了,正在腰盆里泡热水澡。它的嘴和眼都大大地咧着,像在傻傻地笑,牺牲后的模样看上去挺受用。

因为杀猪,洪印家难得的热闹,连那只看家狗,也人前人后跑得很欢势。洪印的老伴在城里带孙子,平日里,也只有它与洪印相依为伴。我们劝洪印搬下山去住,毕竟已是六十多的人了。即便在山上,也不要亲力亲为,去砍柴养猪种菜了。应该如此生活:一壶清茶,一本闲书,一张藤椅,看风生云起,春花秋月,将四体不勤进行到底。他只是摇头,不轻言放弃。对他来说,最大的问题是香烟不能断,即使是半夜,烟瘾犯了,他也要摸黑下山去敲小卖部的门。

我们太矫情,经常把乡村的生活想象得太浪漫,甚至还想做个山寨版的梭罗。能在洪印这里待三五天,算是很有定力了。第一天早晨推窗看见满眼青翠就激动地吟诗;第二天晚上仰望星空明月还能写写散文,第三天可能就无聊之极了。倘若遇到大雪封山十天半月,只能坐困。固然"手捧苞芦果,脚下一盆火",还会有"除了皇帝就是我"的洒脱?

行走徽杭古道

高铁，合肥—绩溪。三百公里的路程，一个半小时抵达。

这也许是当下贴地行走最快的交通工具吧，《水浒》里神行太保戴宗，日行八百里，以为奇异，不知要被甩了几条街。我很欣赏并习惯如此的风驰电掣，然而每每的悠然自得今天却被感叹取代，因为此行的目的是用双脚去走徽杭古道。百年为度，行走方式的变化神仙难料。

江淮丘陵地带很快从车窗外掠过，进入皖南，群峰叠嶂扑面而来。我熟悉这里的山水，如数家珍。有谱为证，我乃道地的徽州"土著"：从大清道光年间起至今，许氏这一支一百多年里已延绵八代，枝繁叶茂。太祖许古三何曾料到，他老人家身后居然衍生出了一个数百人的大家族。幼时听老人说，祖上各房，都有出远门去当学徒、做生意的，足迹天下，遍布四方。

当年徽州人走出大山有水陆线路。水路便是搭舟坐船，沿新安江抵杭州转江浙上海一带。陆路则有东西北三个方向：东去江浙，与水路殊途同归；西往江西抵粤闽；北上走大运河达京冀鲁豫诸地。我曾往溪口板桥，去"吴楚分界"处走"休婺古道"；也曾经许村，体验箬岭古道，唯独缺失了"徽杭古道"，似乎是刻意为之。有道是："五岳归来不看山，黄山归来不看岳"，最美的风景应该放在最后领略。更何况此次有诸多艺术家和作家同行，当年徽州人从这条古道走出,也是结伴而行的呀!

抵绩溪伏岭已近日暮,阴沉的天气使夜色提前笼罩,群山高低不齐地在远方排列,轻雾淡霭中模糊着真实面目。一溜错落有致的木屋群很是醒目;大门口有斗方大字:江南第一村,古朴苍劲,不知是何人手笔。六十余亩的地盘里,集度假木屋、徽州民宿、房车自驾车营地、露营地、夏令营基地于一体,让人目不暇接。我感兴趣的是这木屋建筑,不着一条钢筋、一根铁钉,巍巍峨峨地立在徽杭古道的入口;更有潺潺流水,从大山深处跌跌撞撞地一路走来,清澈碧透,绕村一周,又不知疲惫地向前注入登源河,最后汇进新安江。

第二天,天未放晴,细雨霏霏。初冬的皖南山区,冷意中有了些许凛然。我们披着雨披出发,雨披轻若蝉翼,被风微微撩起,在山道上一字排开;然后蹒跚,渐次拉开距离,化做一个个五颜六色的斑点,若隐若现地向上晃动。雨幕中,祖先们的影子依稀仿佛,他们"短褐至骭,芒鞋铣足,以一伞自携",背井离乡,抛妻别子,也有稚气未脱的少年跟随,"前世不修,生在徽州",就像希罗多德笔下的希腊民族,"一生下来就是由贫穷哺育的"。在这"七山一水一分田,一分道路加庄园",外出谋生是不二的抉择。或许,踏上的就是一条不归路,生死离别,个中滋味,又是今日我等所能体验?

徽杭古道俗称逍遥岩古道,乾隆版《绩溪县志》转录《明县志》载:"遥遥岩(逍遥岩)为通杭小径,嶙岏陡绝,危若栈道,俯视巨壑深可数百仞,多怪石,有天冠石、将军石最奇"。古道在峭岩上蜿蜒,如长蛇逶迤;一边是雄峻仞壁,一边是万丈深渊。石级由条石凿成铺就,千百来风吹雨打,寒暑易节,往来徽人的足迹已了无可寻,遗存的只是西寺飞瀑附近的一块摩崖石刻:圣宋宝祐丁巳(1257)六月旦日,大石门胡八十府属讳润,捐金用工开辟,凿去巉岩,甃成阶级,以便往来,永无危险。至中秋前五日毕工,聊记岁月云耳。最险处为一关隘,仅数块巨大条石垒就,真正的"一夫当关,万夫莫开",上书"江南第一关",为明代绩溪龙川胡宗宪所题,乃徽杭古道的名片。立于关前,冷雨扑面,山风振袖,想起前人的吟诵:"大鄣山高阻浙东,晴岚万丈接天空。遥遥孔道经何处?妙有丛关一曲通。"诗写得直白了些,倒也说出了古道的雄奇险峻。

绩溪县域,胡为大姓,名人辈出。或许是某种巧合,徽杭古道与胡氏千丝万缕,当地人津津乐道,从这条古道走出大山,成功者光耀天际:从军者有抗倭名臣胡宗宪,经商者有红顶商人胡雪岩,学文者有一代文豪胡适……当然,个中细节尚须"大胆地假设,小心地求证"。

有趣的是,开拓修复保护古道也大多与胡姓中人有关:胡润、胡元堂、胡泉波……伏岭邵氏亦功不可没,家家户户"捐路板"至今传为美谈。如今的接棒手乃胡家迅先生,堪为一代新徽商。他一手打造了"徽杭古道"品牌,使之闻名遐迩。气质上,胡先生得传统徽州人的低调内敛坚韧,又不乏现代企业家开拓的视野、锐意的进取;徽文化的浸润也是深深的,古道的文章做得风生水起,"行道·悟道·德道",娓娓道来。人行古道上,传承领悟的是一种博大精深的文化!

好大一个村

　　蒙蒙细雨中,深秋皖南的村庄、田野、山峦变得迷离飘忽。从歙县穿城而过,刚刚庆贺完徽州府衙修复,它似乎还沉浸在热闹喧哗后的安静里,练江上弥漫着薄薄的雾霭,太平桥时隐时现。府衙据说修的恢宏堂皇,既是对这座历史文化名城的追终慎远,也是当下旅游经济的一个卖点。歙县终归是徽州的老大,且不说它的治域与人口,所拥有的古村落、当年富甲一方的大商贾、名声显赫的达官贵人,其他诸县确实难以项背。我们自城北出,醒目的路标指向许村。近乎丘陵的地貌让人稍稍的失望;过了富塈,景色才愈发秀眼,山不在高,峰媚谷幽,林不在大,杂树错长;即便是路边地里的萝卜菜,也仿佛是接足了地气疯长,丰腴的绿色让人觉得秋天的脚步实在蹒跚缓慢。倒是大片的黄的白的菊花显示出了颓势,它们是入茶用的,兼顾着经济与观赏的双重功能。大概是绵绵的秋雨浇歇了它们的精气神,相当的无精打采。不经意中豁然开朗,一大片白墙黑瓦错落有致的房屋映入眼帘,鸡鸣狗吠声亦高低不一地传来,你不由地感慨起来:好大一个村!

一

　　世界近代科学地理学的奠基人李尔特曾说:"地球上人类的每个物质成就,无论是一间房屋、一个农庄或一个城镇,都代表着自然与人文因素的结合。"这层意思,中国特色的表达要简明扼要得多:风水。作为典型的徽州古村落,许村的风水大势可用"来龙去脉"概括之。来龙指的是它三面群山环绕,宛如太师椅状,整个村子稳稳当当地背靠着,显示出一派从容、安宁与笃定。群山自黄山的天都、莲花而来,连绵起伏,蜿蜒至箬岭。蜿蜒,只是蜿蜒而已,大多海拔一二百米,绝无腾云驾风,一飞冲天之状。潜龙乎?卧龙乎?似乎暗合了徽州人内敛守拙、低调行事的处世理念。去脉则指从村前流过的两溪潺潺流水——"昉溪"和"升溪"。如两条玉带将整个许村款款抱入怀中,汇于高阳桥下。水势西流,呈葫芦状,当地人称"倒水葫芦"。水乃财源的象征,"环流则气脉聚",是个聚财的地方。为了留住财运,许村人可真是煞费心机,做足了文章。依据地势地形,前前后后共营造了三处水口:第一处将两溪汇合处誉为"二水合金",建高阳桥、大观亭、树"五马坊""双寿承恩坊"。高阳桥横跨升溪水;大观亭位于两河之间,寓意两龙戏珠。这组水口堪为许村的内庭之门户;第二处位于古山下村头的水口庵,在这里建文昌阁,修永济亭,种枫香树,以为"关锁";第三处位于村外围的"东西石壁",即利用东、西石壁山势构成"狮象互峙"之势,俨然许村外围拱护。在西石壁山上还修建寺庙,摩崖石刻。许村辖下的村子,即便是三五人家,皆沿昉溪而建,连绵十余里。许村便有了另一个称呼:十里许。清澈灵动的水泊泊而来,在自家门口流过,开门见山,出门得水,提汲便提汲,浣洗便浣洗,生活方便自不待说,每天见水如财的好心情也是挺有幸福感的。

饮水思源。发现这块风水宝地的要追溯到一千五百年前南北朝的任昉了。此公时任梁朝的新安太守,做人做官都相当另类。不修边幅,衣服邋遢,拄着拐杖在乡间、城里徒步行走。遇到打官司的,就地裁决处理。当地的人生孩子却不抚养,他就规定生子不养和杀人同罪。对待怀孕的人,提供钱财用度,受到接济的人家有好几千。他还是南朝一支笔,擅长表、奏、书、启等文体写作,"起草即成,不加点窜",与后期以诗著称的沈约齐名,时称"任笔沈诗";

与沈约、王僧儒同为三大藏书家,亦是竟陵八友之一。相传梁天监六年(五○七年)的一天,任昉料理政务来到歙县北乡,这一方山水竟让遍访名山大川的任昉眼睛一亮,但见"四面青山环抱,中有碧水穿流",遂动了"种菊东篱,垂钓秀水,躬耕田畴"之念。于是便举家迁居于此,休闲了一段时间,感觉确如世外桃源一般。索性挂印辞官隐居,做了庶民。从此与村民们一起躬耕田畴、植桑纺织,并致力在村里推广一种叫作"桃花米"的耐旱早熟的水稻品种。他喜欢斗笠蓑衣,拿根鱼竿端坐在溪流之侧的磐石上垂钓。后人为了纪念这位归隐的太守,便把流过村中的两条溪水称为"昉溪"和"升溪"。村名原叫富资里,也改为"昉溪",对外叫"任公村"。而溪畔任昉曾坐过的礁石亦取名为"任公垂钓处"。他禀性不改,闲时也还舞文弄墨的,写成了《地记》《杂传》《文章始》好几本书,风雅得很!

　　徽州历史上,有三次大的人口迁入,皆中原士族大姓为避战乱南渡所为。唐朝末年,有一个叫许儒的户部尚书,恨权臣朱温窃位,誓不与谋,于是扶妻携孥,别了中原故土,过浩荡长江,越万千岭壑,来到江南的徽州歙北。只见"择峰叠嶂,耸列如屏,静幽安隐,山水相依",梦里寻他千百度,不就是这块水土吗?于是就定居下来,成为许村许姓的一世始祖。四十多年后,他的二儿子许知稠与族人商议,以姓为村,曰:歙北许村。民间的传说则神乎其神了,说的是当年许儒带着风水先生到处找寻一块安身立命之处。一天,当他站在箬岭关口时,遥望原野,心想这地方不错。正在准备吃饭的时候,看见屋里有个客人对着一张画像作揖,走进一看,这不是我的先祖许远吗?许儒感到纳闷,只见那人作揖后,把画像甩向空中,画像在空中缓缓飘浮着。许儒连饭都不吃了,跟着画像一路跑着。这张画像随着风吹到了许村便停住了。许儒心想:难道是先祖显灵,要我在这里定居?风水先生环顾四面,赞叹道:真是个世外桃源啊!许儒大喜过望,立马定夺。斗转星移,世事沧桑,这块土地看来没有辜负许氏先人,高贵的种子撒入青山绿水,春风化雨，兴旺发达，竟成了新安望族。"徽州六邑，而称富庶，歙之最。歙之名乡虑数十，防溪为最。"

<h1 style="text-align:center">二</h1>

许村故事多。地灵方能人杰，从一世祖许儒始，穿越千年，许村人才辈出，犹如群星闪烁在一方澄明的天宇。许村人引为自豪，津津乐道，说出来都是风雅无比，馨香弥远。他们喜欢用数字来表达对先贤的崇仰与追思：一状元、二解元、三代北大生、四院士、一门五博士……

徽州号称"东南邹鲁"，学风昌盛，文脉久远。"十户之村，无废诵读"，"三间茅舍读书响，放下扁担考一场"，透发出的是一种举重若轻的洒脱。只要你用心读书，今天手握锄把，脚踩牛屎，明日也许一举登科，去赴琼林宴，打马御街前，荣耀乡里，满族生辉。过去读书都在私塾里，许村的私塾，最早可追溯到南宋时期的"双桂堂"。它由许氏十五世祖许文籍创办，距今也有 1200 多年的历史了。何为"双桂"？因为"桂"字的木字旁有二"土"，古代称登科者为"蟾宫折桂"。取名"双桂堂"，寓意今后能够出人才，而且不止一个。双桂堂果不负众望，一个小小的乡村私塾，竟培养出了六个进士。进士出身的许文籍，儿子孙子都曾就读其中，且先后中了进士；歙县槐塘人，宋朝著名的文学家程元凤，幼时在双桂堂读书，中了进士后，任江陵府教授，最后升任右丞相兼枢密使，提出"进贤、爱民、备边、守法、谨微，审令"12 字方针施政纲领，后又授少傅右宰相，晋封吉国公。表彰他的"丞相状元坊"至今还矗立在槐塘的村口。双桂堂的成功，使办私塾兴书院在许村蔚然成风，延绵不绝，如"四山楼""白果书院""会中精舍"。一代代的许氏弟子，用稚嫩的声音诵读，向往着书中自有黄金屋，书中自有颜如玉……一直到了近代，许村人的办学热情依旧不减，名气最大、最成功的当数仪耘小学。它是由两淮盐运使许家泽于民国十六年（1927 年）创办，校长是留学德国的哲学博士许本震，主持校务的许笃士是留学日本的法学博士，推行现代教学模式，开设的课程有：国语、数学、自然、体育、音乐、劳动等。学生一律免费，统一服装，其校训是“学做好人”。开办之初，便有人赞叹：“一切设备悉系新制，亦能采取新式教法，实地实验，在徽州万山之中，诚难能而可贵矣。”许村人一点都不拘古守旧，相当与时俱进。说到底，还是这块土地上读书的氛围浓，气场大。有民谚为证：“育儿不读书，不如养头猪。”直到今天，许村还有三个民间的教育基金会：“许村家泽奖励基金会”“兴泽基金会歙县许村基金管理委员会”“许氏海助会”，每年都有考取名牌重点大学的学子，许村人习以为常，与老祖宗相比，没准还发出今不如昔的感叹！

在许村的族谱里，迄今为止，最熠熠生辉的当数明代的许国了。他的名片是用石头做的——一座巍峨高大、精美无双的八脚牌楼，历经五百年风雨，依旧耸立在歙县最繁华的街区，亦是许村最大的广告。牌坊建于明朝万历年十二年（公元 1584 年）。许国的功名业绩可以说全在上面，一览无余。坊上“少保兼太子太保礼部尚书武英殿大学士许国”是他的全部头衔。“少保”是太保的副级，属皇帝的高级顾问；“太子太保”是辅导太子的老师；“礼部尚书”相当于现在的教育部长和外交部部长；“武英殿”是皇宫内许国办公的地方；“大学士”是内阁成员的称号。石坊上的题字出自明代大书画家董其昌之手，“先学后臣”就是读书做官，学而优则仕。“上台元老”中“上台”即上台、中台、下台之一，“三台”本来是星象的名称，古人常用以象征“三公”（太师、太傅、太保）和“三孤”（少师、少傅、少保）；“元老”指许国历任嘉靖、隆庆、万历三朝，是朝廷的重臣。有明一代，政治相当的黑暗龌龊，充斥着杀戮与阴谋，清人赵翼很感叹明朝那些事，认为这个朝代只有一个皇帝朱元璋，一个宰相张居正。许国居然能宦海沉浮几十年，荣宠不衰，功夫真是了得。还忽悠了皇帝一把，弄了个举世无双的八脚牌坊，几百年来风风光光。

三

　　许村街巷纵横交错,曲折幽深,即便是第一次来的外乡人,也不会轻易迷路,因为堪为"地标"性的古建筑太多:高阳廊桥、双寿承恩坊、大观亭、五马坊、薇省坊……现有古民居200多幢,足以成为一座浩瀚丰富的原生态古民居博物馆。生于斯、长于斯的许琦女士告诉我,当年的许村不知比今天"阔"多少,真正是"遥望粉墙矗矗,鸳瓦鳞鳞,棹楔峥嵘,鸱吻耸拔,宛如城郭"。那年那月徽商出门做生意,徽青古道是必走路径之一,它全长一百六十多公里,从县城北门外的万年桥往西北方向出发,经许村西行至甘棠,转向西北,经秧溪河至广阳,北上直通青阳县城。联系了安(庆)徽(州)二府,使"徽贩至芜湖,为期不过十日",又可"西抵四川,北达两京"。徽青古道在进入甘棠境前还得翻过一条高耸入云的箬岭,许村刚好处在徽城至箬岭这百里路程的中点上。古代过往行人、马帮都在此歇脚,粮食、山货从这里集散、转运,许村的发达繁华盖源于此。那些经商致富的许村人,也纷纷把故里当作是告老还乡、颐养天年的乐土,大把大把的银子,衍化成青上绿水间的牌坊祠堂,古居楼阁,精美的砖雕、木雕、石雕;他们争阔斗富、品茗饮酒、吟诗赋词,好不快活。

　　乐极生悲,这个世外桃源遭遇的最大劫难是在太平天国时。洪秀全麾下李世贤的一支部队过箬岭关去攻打徽州府。许村是必经之地,村人因害怕太平军进村骚扰,便在族中长老的带领下去村口迎候,并犒劳军士每人草鞋一双、肉粽两只。这支部队久攻徽州府不下,便迁怒于许村人,认定许村人暗中已与曾国藩取得联系,并以发草鞋、肉粽的名义清点了太平军的兵力,泄露了军机。于是趁撤退再次路经许村的机会,放了一把大火,烧了三天三夜,将大半个许村化为一片瓦砾。许村人惨透了,"昼缘伏荒畦废圃之间,撷野菜和土为食;夜则偃视枕颓垣败壁之下,就土田为眠";"人物凋耗,田土荒芜。弥望白骨黄茅,炊烟断绝"。历史开了个大玩笑,九泉下的许儒当日夜号哭,当年为避战祸千里迢迢躲进这大山里,子子孙孙们辛辛苦苦花费十来个世纪苦心经营起来的这一方美好家园,终究还是被一场战火燃烧得满目疮痍。好在还劫后余生了一些,"贵庚"大多在三百年以上,尽管已老态龙钟了,但身子骨还可以。今天的人们缓步其间,还能想象到当年这里的富庶殷实,繁华竞逐。最能触发你思古幽情的,自然是那座高阳廊桥了。它由元代的许友山所建,原为双孔石墩木桥,明代弘治年间改为石拱桥,嘉靖丁巳年(1557)重修时增建了廊桥,清康熙己亥年(1719)再修,就是现在的桥型。桥墩双孔,表示许村溪两岸的二支许氏兄弟和睦相处,两孔各成一个圆形,平顶又像一个大写的"一"字,表示兄弟相连,一心一意。桥身的长廊,为宋代官帽造型,则是寄希望于许氏后代刻苦攻读,功成名就,做大大的官。桥廊遮风避雨,一方方小窗,犹如景框悬挂于廊桥侧壁上,窗外,青山隐隐,碧水悠悠,白墙黑瓦,树木扶疏,修竹如篁。过去许村人出去闯天下,这里是依依送别的地方。父老妻女,薄酒一杯,千叮万嘱;前面是走不完的青石板道,芳草碧连天,长亭更短亭。远行者拱手告别,紧紧背上的包袱。里面或许只有几钱碎银、几件旧衫、一叠充饥的苞米饼。多少年后衣锦还乡了,廊桥依旧,人已全非,遗梦何在。当你在许村寻到那个中国最小的牌坊,肯定唏嘘不已。牌坊叫双节孝坊,建于清嘉庆二十五年(1820),高 4.7 米,宽 2 米,坊上立有一块小的"圣旨"牌,是朝廷为表彰许俊业的继妻金氏和小妾贺氏俩人节孝而立。据传,当时许俊业死后,家境贫穷,他的妻子以打草鞋谋生,贺氏靠刺绣生存,均双双守节。她们的事迹深深感动朝廷,于是同时立坊。这个牌坊如今与村民的厨房毗邻,烟熏火燎,黝黑的几近湮没。

在许村,还能见到另一个"中国最小"——最小的博物馆,村级的"许村历史博物馆"。它原来是一座祠堂,也叫"墙里门",是另一个徽州女人的悲剧故事。许天相的家族是个官宦人家,父亲病逝时,他还没有出世,是个遗腹子。他的母亲胡氏想到腹中已怀有许氏骨肉,愿意守节。于是许氏家族绕居宅楼房团团砌起一圈围墙,墙上不开窗,使居宅与外界完全隔开,形成了天下绝无仅有的"墙里门"。围墙上只有一小门与外界相通,供佣人出入,平时是紧紧锁闭的。明洪武二年,胡氏生下一子,取名"天相"。从此,她一门心思就放在儿子身上,教其读书识字,明事知礼。天相最后出人头地,官至观察第。胡氏 72 岁离开人世,52 年未出家门一步。1997年,由其后代许靖华先生捐资 1 万美元,修缮后为许村历史博物馆。此时,两扇大门由铁锁把住,我们只能从隙缝里窥见里面的庭院深深几许,感觉到一种彻骨的悲凉。

许村明清时期的老宅子数不胜数,举目高墙壁立,马头起伏,门罩窗檐,古色古香。"千年屋,百家主",当年风流倜傥,在大观亭上临风把酒、吟诗作画的乡绅已变成在田野里春种秋收的农人;精美的雕梁挂钩上,再也不是大红灯笼,而是陈年的腊肉、干辣椒黄玉米;砌猪圈的那块大青石,该不会是美轮美奂的碑刻吧?绘彩描尽的画栋窗棂,至今鲜妍依稀,仿佛在无声诉说这里的昨夜星辰昨夜风。在徽州众多的历史文化名村(镇)里,许村算是风姿卓然的,国家重点文物保护单位就有十五处。在当下风生水起的徽州旅游热里,许村多少显得有些寂寞和寥落。不少老屋萧条破败,房颓瓦漏,墙体坍塌,院里荒草杂生,雕梁腐朽风化。许村人似乎不着急,不愠不火地过着波澜不惊的寻常生活。夸奢斗富、慕悦风雅那是祖先的事,天下没有不散的筵席,儿孙自有儿孙福。与其心急火燎地打造一种落伍的时髦,倒不如从容淡定地为世人展示一种落花的矜持与自尊。

黄　村

　　一觉睡到自然醒，伸伸筋骨，就想着去休宁的黄村，却又不知道具体的方位。于是就拨手机问老 L，他乃本土的大文人，也该是熟稔山川地理的"土地"吧。此公却在合肥，电话里指点一二，分明还带着床榻上的倦慵。

　　我精气神俱佳地出发了。摇下窗，初夏的风盈满了车厢。风是皖南的，五月的，轻柔温润的那种。几天前曾去北方，大平原上的风已经燥热，挺拔成林的杨树被吹得哗哗作响，麦穗已把土地染的一片微黄。这里举目皆是浓得化不开的绿，一块块的田畴灌满了水，明镜般不规则地镶嵌其间，倒映着蓝天。正在种中稻，农人耙地便耙地，放水便放水，插秧便插秧，宛如阳春三月。不到半小时，就到了黄村村口，如画风景，唾手可得；栖居这里的小城真好，轻轻松松就可寄情山水，自得雅逸。

　　与西递、宏村比，黄村可谓小家碧玉了。这里的"进士第"固然吸引眼球，名气大振则是村中的一座老屋——"荫余堂"前几年漂洋过海去了美国。或许在我们眼里仅一堆朽木颓梁而已，那厢却是价值连城的瑰宝，据说安装建设费就花了一亿多美金。读过一些写黄村的游记散文，溢美之词有的，但诸如"淡雅""宁静""洁净"还是足以担当的，更何况遍走全村，仅我一人在东张西望，游手好闲。吾国吾土的乡村皆能如此，功德圆满矣。

　　进士第不收门票，听凭进出，偌大的厅堂里，唯有我的足音，极易发思古之幽情。五百年风雨如晦，而今绿苔处处，雕梁画栋犹存，其间掠过的，可是昨夜的风？四周的墙上，挂有不少照片，一批美国大学生在黄村采茶、锄地、喂猪、读书；来自大洋彼岸的金发碧眼者实践徽州的耕读文化，倒也有趣。在大门前的场上，一洋妞率一群孩子玩的大概是老鹰捉小鸡的游戏，生动欢势的模样与古老的进士第互为映衬。我出门后在诸老屋间溜达，一大宅墙体斑驳，门户闭锁，从缝里可窥见一标牌：黄山市荫余堂研究院。里面空空寂然，"院士"安在哉？只见一红冠彩羽的大公鸡从旮旯里走出来，仪表堂堂，旁若无人地昂首阔步，且无伴侣粉丝之类拥趸。

　　黄村分为上门村和下门村，之间有黄村小学，据说是休宁县创办最早的两所小学之一。著名教育家黄炎培先生来过并题诗："知君所学随年进，许我重游到皖南。"因是星期天，进不了内院，亦无琅琅读书声传出；但见粉墙黛瓦，古风悠悠，是读书的好地方，能造就大儒乎？我正若有所思，背后传来窃窃私语，三位村民指点评点着我。我乃正宗休宁土著，方言能听会讲，他们是说我举止像个呆子。我笑而不语，又拐进一栋屋顶炊烟徐徐的老宅。

　　一老先生在厅里拱手相迎，我忙恭敬躬身答礼，那模样定是遗少见了遗老。老人家是退休多年回乡的小学教师，在村里也是大户。我问这房子"贵庚"多少，他伸出五个指头，一下子就到了明朝，算起来与进士第是哥俩了。此乃他家的祖产，破败得不成样子，却是不能私自拆或卖的；将就住着，有些人气，也是一种保护。正说着，他的孙辈从里屋跑出，大概是做功课到点了，嚷着要零花钱。老人拗不过，从口袋里摸索出一元硬币与他，一脸的无奈。

　　几十米外的那户属"劳力者"，一妇人刚从地里归来，满脚泥水地坐在门槛上剥蚕豆。豆荚新鲜着，上面带着早晨晶莹的露水，有一棵枝上还开着蓝白色的花。此时的蚕豆哪怕用清水煮来吃，也是余香满口的。想买些带回，又怕一开口她便不要钱了。抬头见一旧斗笠挂在墙上，尽管灰尘遢面，还有几分乡土风情。我委婉求之，妇人倒也爽快，十元一口价。我付钱取了便走，此番黄村之行亦有了纪念之物。

徽乡之秋

　　一条小船，摆着我们渡过小河。对岸，是个小村子，密密匝匝的乌桕和栗树，遮遮掩掩着白墙黛瓦的农舍。

　　村子很寂静，也很寂寞。寂寞也使狗变得无聊起来，以至于彻底丧失了自己的立场：一见生人来了，居然低声下气地发出讨好的哼哼声，然后摇头摆尾地引领着你直奔主人家的房舍。主人看来离家有时间了，一把锈迹斑斑的大锁扣住了两扇门，也关住了满院的杂花闲草。一株柿树从院墙里孤零零地探出头来，在枝梢头挂起了几个小红灯笼。村里看来有十来户人家，转悠了一圈，居然没发现一个人的踪迹。有两三家大门敞开着，径直走进去，堂前的摆设已不是传统的徽州人家的做派。墙上慈眉善目的老祖宗画像已泛黄，并列着当红女歌星的照片，正风情万种地打量着旮旯里的那件松散得不成样子的蓑衣。一出门迎头遭遇到几只正在散步的鸡，很旁若无人的。有一只伸颈了一声，引出那边水塘里一群鸭子的嘎嘎一片。鸡鸭一对话，氛围陡然就烟火和生动起来。

　　几大块不规则的金黄色是待收的晚稻，中间充斥着秋天特有的苍翠。一垄垄的红薯匍地游走，黄豆则列队成行。由于夏季大旱，玉米显得无精打采。倒是在地头缠绕不清的丝瓜怒放着黄花，表达着自己最后的风采。甘蔗不成林也不成行，三五成团地矗立在房前屋后。暗红色的身躯从枯萎的叶里裸出，梢头那部分还是青青的，风吹过，有点招摇地发出哗哗的声响。很想偷偷地拔出一根，连泥拖着走，找个隐蔽的地方啃起来。今年雨水少，从梢头吃起也是很甜的。又担心柴门吱地开了，闪出个人，逮个正着，那脸就挂不住了。

栗树林密密的一大片，挂满了带刺的栗球。有不少裂开了嘴，褐色的果实呼之欲出。轻轻摇摇树枝，会哗哗地掉下几个。树林里的草地松软、平整，再下两场秋雨，就是一片苍黄了。那时候，仰卧其上，飘下来的叶子可盖住脸，让你看不见蓝天上悠过的白云。

穿过栗树林，就是率水河了。它从休宁六股尖的大山上一路走过来，或湍急跌撞，或平慢舒缓，到这里依旧清澈晶亮。有石阶依级铺至水边，几块大青石半浸在水里，朝天的面目有点凹凸不平，真不知经受了多少洗衣妇的捶击。坐其上，可观看一群群的小鱼游弋水中，身子有花纹的居多。小时候经常在河里逮它们，多少年见不到了，重逢了心里真是欢喜。想用手捞一条上来，它们可比过去狡猾多了，一闪，就无影无踪了。不远处有一窄窄的渔排，几只鸬鹚立在排头。主人大概到城里去赶"黄金周"了，它们无所事事，东张西望，也是一副休闲的样子。

率水在这里仅五六十米宽，一只船连接了两岸。摆渡的是位七十岁的老者，形神俱好。他一边挥篙，一边扯着这一带鸡零狗碎的琐事。村里十几户人家，百来号人，每人每年象征性地交渡资八元，便可风雨无阻、昼夜不分地往来两岸。出去打工的多了，过渡的日渐稀少。没事时，老人就在河滩的坡上种起了菜。只要有人一吆喝，他就放下锄把拿起竹篙。村里有房子，他和老伴都喜欢住在船上，说是头枕着水波才睡得安稳。早年河里鱼多，半夜会跃出水面，月光下鳞光闪闪，有一次竟跳到船舱里，足足有五斤重。

临近中午，他的老伴在后舱忙活起了午饭。伙食不错，有肉、有鱼、有汤，香气袅袅地传到前面。我们有点馋，很想与老两口共进午餐。看看菜不够，就不好意思开口了。临别前相约：明年秋天再来，请老人事先替我们买一只道地的土鸡和几斤河里的条子鱼，我们自带两瓶好酒,就在船上浅斟慢酌,听听老人讲当年下游那座庙里和尚们的故事。

我们回程了,不时地回头张望。那船很安静地泊在水边,炊烟轻轻地从船尾慢慢升腾来,飘忽在空中。

岭　南

　　屯溪南进高速，一路向南，过了五城，山变得崇峻，路像一条青灰的蛇蜿蜒着，躲躲藏藏在群山的褶皱里。当"岭南"以蓝底白字的醒目方式出现在路右侧上方时，我明显地受到诱惑。这种地名的表达往往具有不可言状的深邃诗意，如云南之云之南，海南之海之南。此时的岭南所指乃是休宁县治下的一个乡而已，它的地域层面的意义在于：安徽最南端，鸡鸣皖浙赣。

　　从璜茅下，这大概是一个村级所在吧，名字有蛮荒感。问老乡岭南何往，他挥手前方大山：上十里，下十里。我谢过，绝尘而去。

　　人烟稀少，上下二十里竟未遇一人一车。秋阳澈明，透过路边的树林如金属片撒将地面，斑斑驳驳；秋风初起，尚无删繁就简之功力，山色亦未斑斓，只是苍翠。皖南的秋色，须二十天后方好看，还得几番秋雨秋风。

　　岭下有岔道，广告牌矗立，告之前方为三溪，有大峡谷瀑布。车行十数里，豁然开朗，但见一片白墙黛瓦，闻鸡鸣犬吠。一巨石立村口，上镌红字：三溪。得名于大洪溪、寒冲溪、莲花溪三条溪流在村口汇集。一亭桥跨溪上，颇有古风。

　　估计是以前的大队部，修缮粉刷后，半新不旧的模样。大厅堂里摆放了十几张四方桌，几十条长板凳，门楣上斗方大字：大锅饭。俨然回到"吃饭不要钱"的年代；墙上有对联：宁要社会主义的草，不要资本主义的苗。山旮旯里此举,纯粹招徕游客。我笑之:苗不存,焉有饭? 锅再大又有何用? 有服务员笑盈盈迎面我,那意思明显不过:远方的客人,餐否? 饭点未到,告辞。

山区峡谷,无论大小,皆大同小异。对三溪大峡谷只稍作瞭望便原路折出,沿一溪流继续南行。溪流名"养生河",有一段漂流。水流湍急,却是无人问津。枯水期,不足以载舟浮筏。两岸的田地,除晚稻割去留下茬子,待收的有:玉米、红薯、黄豆、辣椒……它们或立或匍,沉默无语,静悄悄地延展着生命的最后阶段。天地之间,无人之境,我内急,无所顾忌地对着一簇藤缠蔓绕的红薯行方便。事毕,想起刘亮程先生在《一个人的村庄》里记:

> 有时我也会钻进谁家的玉米地,蹲上半天再出来。到了秋天就会有一两株玉米,鹤立鸡群般耸在一片平庸的玉米地中。这是我的业绩,哪天我去这家借东西,碰巧赶上午饭,我会毫不客气地接过女主人端来的一碗粥和一块玉米饼子。

我与刘先生的行止高度一致。问题在于谁为这块红薯地之主人。即便为远处炊烟袅袅农家所有,我能如此"立竿见影"地去讨一个煮红薯? 更何况庄稼早已过了生长周期,这"马后炮"焉有功效?

我终归轻松了,在溪边浑圆的大石上又蹦又跳,或在田垄间或疾或徐行走,汗涔涔的。索性袒胸露臂,打回原形一回。蓝天秋阳,飒风拂体,惬并爽。当然,仅止于上半身。孟浪过了头,没准撞上个来收玉米黄豆的农妇,轻则尴尬,无地自容;重则被扭送村委会、民兵营,岂是斯文扫地?

再前行,抵最南端的溪西村。村里很安静,晒秋已初见端倪。黄的是南瓜,白的是红薯片,褐色的该是笋干蕨菜之类,皆在大篾席上。此举田园味足,已成旅游卖点。有些村子作秀过了头,便做假了。我见过一个村落,从山外购大量秋收之物,在庄里屋外布置,做火红晒秋之状;亦有在油菜花开时节,铺陈出红黄果实累累,如同反季节的大棚菜,引得那些不知晓春种秋收的游客蜂拥拍照,一片叫好。

溪西村再南,就是江西婺源境了。皖人好客,分界处立大牌:安徽欢迎你。并有迎客松标志物。江西方面似乎无啥动静,路宽直一些而已。江湾、篁岭、晓起、江岭诸地名依次在路边排出,皆全国闻名风景点,一山之隔,岭南似乎沉寂了些!

去江湾途中,路过婺源程员外的榨油坊及庄园,他可是真正的员外啊!旧时徽州员外须有三:良田千顷、华屋数栋、妻妾成群。程员外前两项已大大超过,第三则不得而知。去年我曾登门拜访,相谈甚欢,戏言:休宁许员外翻山越岭来见婺源程员外,并言之凿凿:许员外绝对是山寨版的赝品。山岭,岭南一带也。

马兰川一日

马兰川村距旌德县城二十余里地,在几个山头的环抱中。六户人家。几块田畴高低排列,田畴前是一条山涧,常年流水潺潺。

我很喜欢这里的安静秀美,有一年在无电话、无手机、无电视、无广播的情况下,居然连续住了五天,宛如隔世。春天拔笋掐蕨,夏天钓鱼吃瓜,秋天打板栗挖红薯,倒也自在快活。当然,也有窘状毕现时。一年夏天,去山涧冷水浴。涧上杂花生树,灌木覆盖,不见天日。正全身赤裸在水里怡然,隔壁家三岁男孩玩耍路过窥见,竟将我搁在涧上的衣裤尽数掳走,并如旗帜般高高扬起,在田埂上奔跑欢叫。我大急,昂头声嘶力竭,所幸一中年男农闻之,捉住孩子,救我于困顿之中。

冬天的东川也曾去过,一般是春节前,拎着点心盒子、水果、糖果、香烟去拜年,吃顿杀猪饭,总要带走满满两蛇皮袋的东西,里面塞着火腿、腊肉、冬笋、干菜、米粿、鸡蛋……早去晚归,从不过夜。今年不知哪根筋搭住了,一定要去住一夜。几次电话给荣国兄弟,交代要做两件事:上山挖冬笋和放塘捉鱼。

一年不见,荣国老了。风里来,雨里去,采茶砍树,揽活打工,累死累活挣了三四万块钱。他年轻时是很有些雄心壮志的,如今只能退回家园,守着旧屋操持些力所能及的事情。

他告诉我今年冬笋挖不成了。雪还覆盖着大半片山,何处寻觅笋的踪迹？挖笋是个技术活，隔壁的树川是高手，即便是大晴天，也是要颇费功夫的。我若上山，只能是装模作样摆摆姿势，拍个照发到微信，让朋友点赞而已。荣国听说发明出了一种类似探测仪之类的东西，能准确地测出竹鞭的走向及地下冬笋的位置，问我可知道，我闻所未闻，不置可否。

他家的鱼塘挖在稻田里，差不多一亩地大小。年初投放鱼苗，计有青鱼、鲤鱼、鳊鱼、鲢鱼，割草喂食一天没落下。上午他借了个小泵，突突地抽了小半天的水。快见底时，大些的鱼开始冒头浮身，荣国便拿着网兜浑水张鱼。寒风小雨，水冷刺骨，我只有穿着厚厚的羽绒服在岸上哆嗦着数鱼的份。

鱼都是挑大的捉。完全自然状态下养一年的鱼，一般在两三斤左右。春节期间，摆得上桌面。除了自己吃，荣国就做人情，送亲戚朋友。给我们的都是最大的，包括那条胖硕鲜艳的红鲤鱼。

下午天气愈发冷了。我拎着个火熜到处转悠（实在冷得坐立不安）。它是我童年时代的老朋友，一别四十余年了，徽州乡村人家至今比比皆是，堪称冬天里的袖珍空调。想是想在上面放块红薯烤着吃，一看荣国一家为我们如此忙碌，确实不好意思。要知道，那洗鱼的水有多冷，山上的雪水流下来的，稍稍地浸碰一下，冻得手指关节都疼。

尽管已近年关，打工的青壮年还未回归，村里出奇的安静。狗很得势，年年呈增长态，只是它们愈发变得无聊，以至于丧失了自己的本性：一见生人来，再也不伸颈高吠，居然低三下四地发出讨好的哼哼声，引你直奔主人家的院子，唯恐你不登堂入室。此时看我坐立不安，一条黑乎乎的家伙便摇头摆尾过来，做个"带路党"，一前一后走上村后弯弯曲曲的山道。我不想走远，因为袅袅升腾起的炊烟告诉我，一顿鱼为主菜的晚饭正渐行渐近。

山里黑得早，晚饭也吃的早。才下午四点钟，我们就上桌了。满满一铁锅的红烧鱼居中，下面用炭炉子煨着。旌德人会烧菜，仅用干红辣椒、生姜、大蒜子，就烧出了鱼之鲜辣嫩滑。食材好是毋庸置疑的,选的都是一色的"青混";从塘里游弋到饭桌上"献身",仅一小时耳。

当夜色完全笼罩东川时,你才能真切感受到乡村冬夜的冷冽寒凛与单调。这样的场景真正是痴心妄想:一帮子气味相投的男女朋友,喝着热茶或咖啡,高谈阔论着诸如文学人生之类的话题,还有人激情洋溢地念诗。窗外北风呼啸,滴水成冰;屋内壁炉充满情调地烧着,温暖如春。我们面对的,是一间空旷的大房(荣国家最好的房间),一张宽敞的大床,上铺大红绸面的被子(荣国儿子结婚时用的)。用手机测了一下室温:3度。荣国很细心,家里唯一的电热毯垫到了这张床上。那物所携的暖意,早已久违,今夜救我。

乡村的冬夜很静,一会就睡着了。醒时鸡鸣狗吠,纸窗虚白。

双木小筑

　　最近,几个朋友在乡下合租了一农舍,地处皖南休宁榆村乡境内,榆村塔下便是。

　　这塔名"辛峰塔",为明朝万历年间榆村人程爵(曾任光禄寺丞)所建,高 36 米,六角七层,经历四百年风雨,身子骨依然挺拔。童年时,我们在屯溪的新安江边目光所及,除了四周连绵起伏的群山,就是这座苍劲的辛峰塔了。那时可不知晓它的尊名,大家都叫榆村塔。它显得既傲然神秘同时遥远,有一次,我被悄悄地告知,塔顶在农历八月十五半夜,会闪闪发光,几十里外都能看见。害的我那晚一夜辗转不眠,数次爬到窗口向宝塔方向张望,除了清风徐来,月光如水一样泻地,啥也没有。

　　有意思的是,我等四个合租者,皆是四五十年前之小学中学同学。那时男生女生,形同水火,如今花甲之年,却要整日厮混在一起"过家家"了。前些日子网上曾炒外国老人结伴养老,引发国人感慨多多。我们此举看来颇前卫时尚,似乎又还没有到抱团取暖的地步,难道真是要寻一僻静处,去"诗意地栖居"?

　　这样说好像又抬举了我们。其实,栖居更多的是指向一种状态,我们难以企及如此境界,但可以从容自如地去接近靠拢,以抚慰我们渐渐老去的身心。不是吗?我们在屯溪都已置业,靠山临水,风景甚好。乡村于我们的意义无非就是更自然、更云淡风轻、更鸟语花香。

榆树的农舍就这样进入了我们的视野。它地处屯溪盆地的边缘带上,独立院落,掩隐在一片绿树之后;楼上楼下,五房两厅,大院场,大灶间。前有小溪潺潺,为洽阳河的支流;茶园几块,菜地数畦,分布在房前屋后。院后是竹林,修长茂盛。房东两年前盖了新房,这便成了闲屋;闲人遭遇闲屋,亦是两全其美的事情。

这里略加修缮,就是一个可玩可住可吃的好去处。玩当然是与农耕文化紧密相连的。周边田地丰沃,房东家也有农田数亩,我们不妨承包几分半亩的,体验体验春种秋收。估计都是"但问耕耘,不问收获"的主,除去种子,能"多收三五斗"就谢天谢地了。这一带水塘多,不远处还有小水库,水清澈,天光云影。可垂钓,在柳树下消磨时光;腊月里起塘捉鱼,年味十足。春天可采茶拔笋,雨后天晴,茶叶碧绿可人,拎个篮子或背个篓子什么的,出门唾手可得。春笋在后山破土拱出,得用锄头去挖,有一定的技术含量,小心别破了相!小野笋立夏后满山都是,清晨去拔,肯定是一身沾满露水。至于种菜养花,你尽可任性去做,只要不把季节弄岔。因为任何种植都是要承天露、接地气的,这里坚决拒绝大棚!

这些事情一一做下来,我们能胜任吗?对此,我倒是信心满满。殊不知,四人中,三人都是资深知青,插龄均在五年以上。当年可是在广阔天地"磨过一手老茧,滚过一身泥巴"的。一百多斤的稻谷,挑起来在山路上健步如水。如今老矣,对付这点农活还不是小菜一碟。况且还有房东给我们兜底,他是样样精通的好把式。我未曾插队下乡,生疏农活,但绝不是好逸恶劳之辈,况且灶台上的手艺尚可,四菜一汤拿得出来。更重要的是,乐意去做饭后刷锅洗碗这类常人不屑之事。吃不准的是,铁锅柴灶久违了,烟熏火燎我能受得了吗?

事实上,这类活计极可能轮不上我。当年的女同学现在可都是操持家务的好手,从厅堂到厨房,买、洗、烧、晒,样样拿得起,放得下。我曾数次观察小学中学同学聚会,只要是在某个家庭进行,女同学表现得尤其勤快欢势，抢着活干，即便在家里是个饭来张口、衣来伸手的懒婆娘。男同学们尽可喝茶、抽烟、聊天、打牌，呈大爷状。个别贼心不死者，望着某女同学忙碌的背影，想入非非：当年我若能和她……

屋里的修缮一定要修旧如旧，八仙桌和长板凳不可或缺，它的承载不仅仅是吃饭，更光荣的任务是打牌的平台。掼蛋人人都会且上瘾，恐怕是劳动之余最重要的娱乐，玩到夜半又何妨，第二天尽可高卧。晴朗的夜晚，我们会坐在院场上，看星星一个个蹦将出来，直至缀满深蓝色的天幕。是谁哼起了那首童年的歌："听妈妈讲那过去的事情……"月亮依旧在白莲花般的云朵里穿行，高高的谷堆何在？亲爱的妈妈何在？此时此刻，涌上心头的一定是感伤与惆怅了。

思量良久，这乡居的名号还是不雅不俗为好。"雅舍"已是梁先生专有，"瓦房"亦为崔岗谢氏所用。至于"柴院""上水荷塘""禾泉农庄"等等皆名花有主。剽窃之事不为也。况且第一个用之是才子，再用就是呆子了。它终归地处榆村，二字的左偏傍均为木，房东又姓林，权且叫作"双木小筑"吧。

我们的田野

　　朋友汪红兴秀摄影技术，发了一张题为《春江水暖菜花黄》的照片在网上，并注明三月十日休宁率水河边。这一年一度的油菜花季未免来得太早了吧，我周围有一群"花痴"，约好是清明前后去徽州的呀，如此无节制地开放下去，到时岂不是"绿肥黄瘦"？

　　其实，徽州的春天往往来得很早。最先变化的是寒凛彻骨的风不经意中变得轻盈温柔，你突然觉得可以伸直腰杆兜迎着它并乐意接受它的摩抚。植物比我们敏感，细细地看村头那一片杨树，尽管秃枝干杈，但挺拔的干躯上已悄悄泛出了淡淡的青晕，如同少女的羞涩；屋前的柳树抽发出长长的柔软的枝条，上面萌出米粒般大小鹅黄色的点点。动物则用肢体语言表达着内心的喜悦，"春江水暖鸭先知"，它们成群结队地在大大小小的河里嬉水、扑通，很张扬地呱呱叫。低调的是蚯蚓、四脚蛇之类，地气催醒冬眠，瞒隐着我们，又在忙乎什么呢？

　　一年中，这样的节气很诱惑人的，生物钟也在唤醒你切莫宅着，错过了春风一度，辜负了桃红柳绿。不要去那些个名声很响亮的地方，那如织的人流往往会让你兴味索然。深山有俊鸟，那些藏在大山褶皱里，在1：400000的地图上才能找到的小村庄，才是真正流连忘返的地方。或者咨询一下那里堪称"土地"的人物：此去何处最相宜？他们深受徽文化的熏陶，学养相当，且真挚地热爱自己的家乡,会开列出一个长长的单子列给你的:歙县的石潭、金川,绩溪的家朋,休宁的梓坞、右龙,黟县的美溪、柯村,祁门的渚口、倒湖……最好自驾,骑自行车也可以,出门不要设定明确的方向路线,随心所欲地跑。若是中老年的朋友,可带一张诸如《我们的田野》之类的碟片,到了一个值得发呆的地方,放一段童年时代的音乐,立马有庄周梦蝶之感。

在徽州,只要离城十里,举目皆是风景。乡间的柏油路蜿蜒如蛇,粉墙黑瓦的村落,潺潺的流水,泛青的溪滩;若细雨潇潇,则宛如在淡淡洇开的水墨长卷中行走。一头牛慢吞吞地走进画面,牛背上已无横吹短笛的牧童;一只白鹭扑扑地飞来,单腿独立其上,纹丝不动。小溪绕村而过,有几个不知是哪年留下的水埠头,残缺不全地半伸到水中。石头是质地坚硬的青石,平整如砥,多少年的涤洗捶打,愈显光滑洁净,纹理可鉴。水很清澈,稍有动静,成群的小鱼便不请自来,聚散依依,要想逮住它们则是徒劳的。不时地有落瓣的桃花顺水飘来,红的白的在水埠头边打旋,流连忘返。一条两头尖尖小船在水埠头的不远处泊着,孤独、安静。它的主人恐怕已多少年没有眷顾它了,苔藓遍布船身,桨剩下半截,一件蓑衣已松散的不成样子,扔在渗水的舱里。沿水埠头石阶拾级而上,有一户人家掩在竹林后,门扉紧闭,雪白的梨花团簇着从院墙探出头来。好雨滋润,几畦蔬菜青春水灵,毛笋已拱出土表,拔节向上;山坡上的野蕨菜也正当发作壮苗之时,绝对的生态食品。唾手可得且不要交任何费用。

阳光是笔,只有两三个好日头的晴天,便可描绘出一个流金溢彩的世界,油菜花当然成为春天田野里无可争议的主角。它不属于平原地带恣意汪洋铺天盖地的那种,总是恰到好处地把自己镶嵌在青绿色之中,有时也不妨把一条晶亮的小河作为自己栏沿框边。在一块块多层次不规则的土地里昂首怒放,就有了极强的韵律与动感,与老屋斑驳的马头墙相得益彰。招蜂引蝶是必然的,蜜蜂嗡嗡,彩蝶飞飞,包括那些慕名而来、端着短炮长枪、忙得不亦乐乎的摄影发烧友们。置身其中,始而舒坦,然后眩晕,视觉与嗅觉的享受是全方位的。除了陶醉,很难有第二种感觉。

能与油菜花媲美斗艳的当为映山红。后者长在山上,四月份一旦开放起来,气势很恢宏野性,如同漫山燃起了烈焰。紫色白色的也有,与淳朴的红色比,多少显得有些娇艳。若能在农家寻得一个老旧的陶罐,折一大把映山红,用山里的清水养着,也是趣事一桩。

蜈 蚣 岭

在徽州诸多的崇山峻岭中,蜈蚣岭完全有资格与白际岭和璜尖岭称兄道弟的。地处歙县南乡,那首著名的民谣表达的正是这一带的风情:手捧苞萝粿,脚下一盆火,除了皇帝就是我。真说不上有什么洒脱,道出的是一份无可奈何的安身认命与困顿山中的自嘲。我吃过直径足有一尺的苞萝粿,粗糙的玉米粉包住老腌菜,用柴火灶上铁锅烤得焦黄。香是挺香的,估计城里人咬了小半个后就难以下咽了,何况长年累月作为主食!

几年前去过朋友洪印家。作为坚守乡村的教师,他家在长垓岭的半山腰,要几百级台阶走上去。一路攀走上去,气喘吁吁,但见陡峭的山边开出的一块块巴掌大的地。上面种的就是几棵青菜、半垄红薯、几把葱蒜。世世代代的山里人,靠山吃山,日子的艰辛可想而知。洪印烟瘾极大,半夜发作起来,居然摸黑到山下的小卖部呼呼打门。我们感叹山高路险,生活不易。洪印笑笑:往里去的蜈蚣岭才是真正的大山呢!

我习惯独自一人驾车游逛,走停自如,随心所欲。尤其在徽州了无一人、蜿蜒曲折的乡间油路上。驾驶的快感叠加着对周边景致的细微体验,绝对惬意!这次去蜈蚣岭也不例外。在薄薄的晨霭中,我出发了。金黄色的油菜花在雾里时隐时现,当然,还有粉红或雪白的桃花。雾非霾,阳光一旦喷薄普照,立马消退得干干净净,天地间清纯得几近透明。从绍濂开始,一路向上,过了岭口村,人与车就便钻进了大山的褶皱里,盘桓、周旋,不断攀缘新高度。一个个村子像被一个巨大的手从空中用力抛甩在壑底。目光所及,如同积木。

当路标指向蜈蚣岭时,青翠的山峦一下子变得黄秃起来,俨然一副春风不度的模样。山峰高高大大地排列着,愈发显得雄奇;蜿蜒折曲的水泥路,像一根灰白的带子,飘忽游走。颇为震撼的是那层层叠叠的石砌梯地,把大山变成了仿佛可拾级而上的台阶。之所以称为"梯地"而不为"田",实在是石砌里的地太袖珍,太狭促!如此巴掌大的地一点点地收拢起来,足有两千亩之多。当年这里是徽州最穷的地方,"一年有点收,二年顺水流,三年露石头",松脂点灯,辣椒当盐,苦不堪言。穷则思变,歙县南乡人的坚韧不拔可见一斑。尤为让人赞叹的是这壮观的石砌梯地,居然不借助钢筋水泥,全靠纯手工建成。倘若一个老派的诗人在此,会不会即刻吟出:手写的诗行,垂天悬挂……

蜈蚣岭有几个自然村,散布在若干山头。中午时分,我抵达当年大队部所在,也是最大的一个村子。相当颓旧的原大队部门口,挂着一溜子的牌子,准确地表达了这里仍是蜈蚣岭的政治经济文化中心。里面格局依旧,那时"农业学大寨"的气场依稀犹在。颇有空间的会堂空空荡荡,只摆了两张八仙桌,凉菜火锅已上,淮北来的游客定的。我略显蹭饭状,却是无人搭理。只能顺着石阶往村里走。

家家门口皆老人,午饭后倚墙晒太阳。一叟老态龙钟,在藤椅上已然入眠。村人告诉我,他乃当年赫赫有名的支书,率领全村男女老少战天斗地。英雄暮年,尚能饭否?

我已饥饿难耐,讨口饭吃是第一要务。山里人实在,一开口就被人拉进了家。泡了热茶请喝,十分钟后,女主人就端上一盘炒鸡蛋和一碗白米饭。我欲去堂屋的大桌上吃,却被她引至灶间的台边。铁锅揭开,有半锅红烧鸭。她一再请吃,便夹了一块尝尝。味道鲜美自不待说，特别嫩爽。高山上的鸭子，能养成如此的肉身？我记下她家中堂的挂着一副对子：四面云山杜甫诗，一笼烟雨王维画。

村里尚有一些黄土坯房，大多无人居住，寥寥游客在里面流连忘返。靠山面谷的二三层楼房比比皆是，远远望去颇似危屋，阳台一般濒临万丈深渊。每天在此"饮露吸气"，山风振袖，于困顿于雾霾中的城里人而言，不知要如何地矫情起来。倘若不是真正入定的高人，恐怕也住不了三五天的。

听说山最高处有一小学，吃饱了便开车前往。小学很小，一排教室，一个非标准的球场。这大概也是蚂蚁岭拿得出的最大一块平地了。千峰百岭，尽收眼底，孩子们读书写字外，会不会萌发"山外那么大，我想去看看"的念想？

下山的路陡且弯。走了百十米，眼前的情景让我惊骇：我在小学发呆时，一辆修路的工程货车已把一车碎石块倾倒在路的一侧。原本狭窄的水泥路硬是占了近一半。要知道，左侧尽是深不见底的悬崖啊！我下车试图搬动些石块，情况却更糟：没了支撑，上面的块石更是哗哗地下滑。大喝几声，无人应答。我只能硬着头皮，紧握方向盘缓缓下行。左侧的轮胎距崖边只有尺余，全然不顾右边的车门已被石块划得咔嚓咔嚓，伤痕累累。脱离了险境，我急急如漏网之鱼，前胸后背已冷汗涔涔。

婺　源　行

　　有了高速,屯溪至婺源一小时足矣。一人单车,在春分时节出来溜达,尽阅一路桃红柳绿,油菜花黄。一样的山重嶂叠,一样的粉墙黛瓦,只是那道大大的"江西人民欢迎你"的路幅,提醒你古徽州的"一府六县",早已是一摊不堪回首的残山剩水了。

　　江湾、晓起、李坑前几年已去,此行想到清华看看那名闻遐迩的彩虹桥,它几成婺源的一张名片,给"中国最美的乡村"增添相当的灵动与婉约。其实,对众多的仰慕者而言,最有吸引力的还是此地三四月份遍地怒放的油菜花了。与云南罗平、广东清远、陕西汉中诸地 PK 起来,婺源油菜花能抓住眼球,恐怕还是与徽派元素结合而相得益彰。此时,油菜花倒是开得漫地遍野,却不是往常一样的恣意张扬,天气偏冷使然。赏花者甚多,常见风姿绰绰之女士急不可待地投身花海,或展臂仰首蓝天,或托腮含笑浅浅,弄得花骨颤动,引来众多男士一阵狂拍。思溪、延村、坑口一路走下去,总的感觉似曾相识,与山那边的故乡无异;但细细地看,此处的可点可圈处颇多。婺源的村舍一眼望去古意盎然,徽味十足,老屋祠堂牌坊巍峨堂皇的不多,可能是当年富甲海内的大商贾不及歙休一带;但修新能仿旧,鲜见瓷砖、马赛克镶墙的平头小楼,此类建筑不伦不类,最煞风景。一部分新徽派房屋已有了岁月的斑驳,古香尚缺,古色倒有几分了。新旧杂陈,颇似老树抽新枝。婺源的植被也更好些，树大草深，水流充沛且清澈，少有生活垃圾触目惊心地丢弃岸边。

清华是一小镇，这一带风景相当美丽，藏在深闺人未识，因为彩虹桥而有了名声，也就嘈杂喧嚣起来。桥原本是座普通的桥，横跨在一条普通的河上。昔日里乡民们挑着稻米、牵着牛、推着独轮车来来往往；桥下水流湍急，汰米洗菜，夏天嬉水洗澡；因是廊桥，也可避雨挡风，驻足休闲，乡里的轶事趣闻，不少是从这里发散出去的。算起来是南宋年间架的，悠悠近千年，寿比南山，于是今天就被冠以中国"保存最完整，最古老、设计最科学、最美的一座廊桥"。据说彩虹桥在完工时，雨过天晴，西边挂了道亮丽的彩虹，当地人认为这是绝好的兆头，因此命名为"彩虹桥"。历朝历代，大凡学子过此桥进京赶考，皆能一举登科，平步青云；商贾走过则生意红火，财源滚滚。如此神奇，桥若有知，会不会疾呼起来：我是座桥，不是个传说！我等运气不济，来到跟前却吃了闭门羹：桥在维修，暂停开放。也好，此举使游人寥落，于寂静中细细端详，也是很惬意的享受。

我发现，这座桥的工艺相当简单，做工亦很粗糙。无雕梁画栋，一般装饰性的点缀也没有。对面有水碓与小屋，因为安静，显得家常，平实，烟火味十足。水碓可算作是古老农耕文化的基本符号，过去在皖南大凡有溪流的村庄，皆有之，大多立在村边僻静处。小屋前，湍急的水奋力、急促地冲击着面前巨大的圆轮，一格格宽扁的横木上，布满了暗绿色的苔藓，滑腻腻的。水碓的轮轴伸进靠边的屋里，带动着数量不一的春头。春头排成一列，"咕咚"一声叩头，重重地春着石臼里的东西。黄灿灿的谷子就这样变成了白花花的稻米。如今它已近绝迹，我们往往只有在旅游景点，一睹它的身段。此时，水车小屋静，唯有流水潺潺声，再也没有农人挑着盛满新米的箩筐，弓着腰，从廊桥那边一步步地走来了。

在婺源，你若留意，可见村口与大路交接处皆有小亭矗立。小亭为徽式风格，内里几米见方。我以为它应建在青石板铺就的古道边,小路弯弯,晚风拂柳,芳草碧连天。时光倒流,一长衫儒冠之书生携书童远道而来,入亭歇息;书生喜爱风雅,书童笔墨伺候,粉墙上,顷刻龙飞凤舞七绝一首。而今小亭面对青灰色柏油大道,往来皆轰轰作响之机动车,何来夕阳山外山的幽远意境?亭内墙上涂鸦遍布,都是"老军医治性病""修理摩托车"之类的广告。细细地看下来,有一条还颇具过去的乡村风味:骟猪。

霞 屏 巷

这是城北一条很寻常、很不起眼的小巷弄,却有一个很美丽也很文雅的名字:霞屏巷。

巷子西面的一片老屋早已颓坍,废墟边立着一株高高的柿子树。那时,青青的柿子刚挂上树枝,人们就迫不及待地爬树的爬树、挥竹篙的挥竹篙了。柿子很涩,吃得人直吐酸水。唯有树梢顶上的那几个,任凭人们采取什么办法,总是高高地悬着,岿然不动。深秋了,树叶凋尽,它们像小小的红灯笼,很是招摇。一只黑色的大鸟飞过来,单腿立在摇晃的枝桠上,津津有味地嗑食着,挑逗着树下仰着脸、可望不可即的人们。

四岁的我,更多的是站在老屋门前的台阶上,期盼到公共食堂打饭的姑妈快快回来。家里的那口锅特别大,两年前大炼钢铁,不知它是如何侥幸漏网了,摆脱了成为铁疙瘩的命运,得以继续承载着一家七口人三餐的重任。公共食堂在西街上,那是个当年人人都向往的地方。巷东头的八斤,在里面谋到一个烧火的事,赛过今天高考进了清华。每顿饭的质地、稀稠总会提前泄露出来。人们奔走相告,消息迅速传遍全城。大家拎锅拿碗,水一般地涌往食堂。

我下不了那高高的台阶,只能痴痴地望着小巷尽头,捕捉姑妈那熟悉的足音——霞屏巷的男女老少都有这样的功能:无论是纷乱还是单寂，都能分辨出自己亲人在巷子里的脚步声。姑妈每次都汗水涔涔地回来，大锅里装着山芋、玉米，或是荞麦饼、高粱糊。如果是一锅汤，上面飘着几片菜皮，我会响亮地放声大哭，并以"绝食"表示抗议。据说我的吃相很难看，很快吃完了属于自己的一碗，舔得干干净净，然后用企求的眼光望着众人，可怜巴巴的。这时候奶奶会从她碗里匀一些给我。她很慈眉善目，说起来是休宁大户人家出身。平日里我难得与她亲近。奶奶住的屋子又黑又小，床是老式的，四周的隔板上还雕着花，像一个小房间。"三寸金莲"的脚上裹着长长的布条，散开后，屋子里有一股异味。我有时会悄悄溜进去，偷走她的拐杖，然后跑到巷子里舞弄起来。那杖子是大清朝的遗物，一百多年了，还干筋筋地硬朗着。

霞屏巷里散布着几十户寻常人家：屋东婆、三爷、七爷、长子老陈……家家都是马头墙、小黑瓦、青砖门罩，有的上面刻着一个个骑马打仗或唱戏的小人。大家想的是每天灶头冒烟，哪管它们风吹雨打去。更懒得去追根溯源，过问祖宗的事。我家的房东是一个大家庭，女主人利利索索。老老小小十几口，在她的打理下，也挨过了那些艰难的日子。家里的灶间特别大，好像也不大去食堂打饭。屋后场子的空地上，种了许多南瓜，花开得一片灿烂。入秋后，墙角堆满了黄澄澄的老南瓜。她家的炊烟又长又粗，是全巷最动人的风景。大铁锅里焖出的南瓜又甜又绵，是我幼年记忆里最可口的点心。

老屋里有长长的过道，全是大青石板铺成，夏天有穿堂风吹过，很凉爽。我们光着屁股刚坐下，就被大人拎了耳朵：这上面坐不得，冷虫从屁眼钻了进去，落下病，长大了治不了。四十多年后，有人告诉我：1956年那个冬日，我就出生在这过道边的厢房里。哭得很猛烈；外面景色大美：雪后初晴，红装素裹，分外妖娆。

老屋对着巷子的门很小。门后面还藏着一眼水井。黎明时分，睡意蒙胧地赖在床上，都是拉开门勺和水桶落井声通知我们新一天到来了。井口很小，井水永远在一个平面上，明镜一样，湿漉漉的苔草长满了周沿，绳子在井口勒出了一道道很深的凹印，真不知需要多少年的工夫。我不止一次探出头，对着井水产生疑问：为什么有一个和我一样的人在里面？所幸的是我没有掉下去。

我那时还知道霞屏巷外还有一个大世界叫城廓头——其实就是城里的十字街口。那地方有变戏法的，还有糖饼、糖球、顶市酥、一口香，都是我们在歌谣里天天唱的最好吃的东西。有一天晚上，大人拉着我的手，斜穿过金家巷来到大街上。有一团橘黄色的光挂在街的尽头，很昏暗，也很诱惑。大人说，那里就是城廓头，亮的叫路灯。路好远，你长大了才能走到。

1960年，我们全家离开霞屏巷下屯溪了。两板车的家具先行，慢慢地拉出了巷子。一家家的门吱地开了，人们走出来默默地送行，羡慕我们去了大地方。姑妈用剩下的米熬了一锅好粥，带着去休宁汽车站候车。车老是不来，一家老小就吃起了粥。边上的人越围越多，不断散去又不断聚拢，发出一片啧啧声：好粥、好粥。众目睽睽，我似乎知道了难为情，吃完后再没好意思舔碗了。

下 汶 溪

一道清溪从黟县漳岭的白顶山泊泊流出,经渔亭,过齐云,绕兰渡,缓缓地走到休宁城南的玉几山下,已是碧水漾漾,翠荫绵延。水边,依偎着我的老家——下汶溪。

看来,我的祖先是很有些风水眼光:村前,汶溪缓缓流过,庄后,玉几山逶迤绵延。山的东、西峰,各有古塔一座。东为巽峰塔,建于明代隆庆元年(1567 年),六角七层,是唐代风格;西为丁峰塔,建于嘉靖二十三年(1544 年),六角五层,为辽代风格。此塔又名停风塔,源于一个传说:海阳西门有个叫江洪的,官至宣议郎。一天,算命先生告诉他,你能做官,全靠玉几山西面祖坟上有只母凤,现在有公凤相招,母凤将飞,得赶快想办法留住。于是,江洪便急急忙忙地建了这么个塔。青山隐隐,绿水迢迢,高耸的双塔犹如神来之笔,使这幅大写意的水墨丹青意境全出。想当年,先人们在春风杨柳、阳光和煦的日子里,或携游于古塔之下;或泛舟于汶溪之上。把酒临风,抒怀唱和,这样的诗句自然是脱口而出了:渡过汶溪溪水清,高阳旧族振家声。我来识得君门口,四面青山点点春。

老家的祠堂早没有了,没法去追终慎远。老人们都认为自己是河北高阳郡许氏之后,以"高阳旧族"自许。志书上是这么说的:唐代睢阳防御史许远的五世孙许儒,"不义朱梁,自雍州入江南,终身不出"。他的孙子许规,在宋代官至大理评事,定居于歙州,家族

173

由此繁衍开来。

下汶溪许氏，是哪一门哪一支，已无从考证。徜徉在村里的巷陌中，只能从脚下的青石板路，依稀地感受昔日村落的轮廓。也许是靠县城太近的缘故，村里的老房子已所剩无几。一幢幢二三层的楼房，毫无章法地前拥后靠在一起。殷实的人家，则在墙面贴上白瓷砖并用马赛克拼出些花红柳绿、五谷丰登的图案，安装上茶色的塑钢门窗，不城不乡地展示着一种落伍的时髦。

现在徽州的许多村落，走的都是这个路子，古老的风情与韵味正在渐行渐远，归于消湮。这难免使我们这些"遗少"陷入一种无可奈何的失落之中。让我惊讶的是，我家祖上的老屋，居然还可访可看。其实，也仅剩下一个框架、轮廓而已。二百多年的风风雨雨，老屋已千疮百孔，破败不堪，几成废墟。只能从宽阔的厅堂、高直的廊柱、横跨的冬瓜梁多少感受到一点昨夜的星辰昨夜的风。

听父亲说，他的祖父许古三是清朝咸丰年间的举人。当年青砖镶就的门罩上曾贴着：三报连捷、江南乡试。那揣着喜信的报录人，分三拨挥鞭策马跑过汶溪桥。兴奋不已的许氏族人，簇拥在老屋前恭候那由远而近的马蹄声，锣响炮鸣，喜气盈门。祭祖的慎余堂里，灯笼高悬，红烛生辉。大厅的门柱上，赫赫写着这样的槛联：诗书孝友传家法，钟鼎簪缨炳国华。斗转星移，我现在只能从残垣断壁间的蓬蓬野草里，捡起一片老屋的破瓦，试图从它的纹理里解读家族曾经的辉煌。据考证，休宁县是中国"第一状元县"，从科举开考的隋朝始，一千多年中，休宁有名有姓的状元达十九位。古为今用，当局正在紧锣密鼓地筹划一系列的旅游项目，建了个状元广场，展示中国状元文化的林林总总。这可是一笔了不起的资源呀。相比之下，家族中出了一个举人算得了什么？倒是充盈于耳的乡音，让我有了回家的感觉。

我的两位堂兄在村里，其实他们早已"离土不离乡"了，双双在县城谋得一份收入还算固定的差事，混得不错，各自盖了一幢楼，平时也回家干些农活，算作城里的乡下人或乡下的城里人。子女则远离家乡,到南方打工去了。堂兄显得挺精神,西装配着解放鞋,走进走出,看着看着也不觉得别扭了。两人都健谈,城里的事知道不少,书记县长的姓名、经历也熟得很,说起来像是多年的老朋友。我们来了,他们很热情,带着我们四下走亲访友。按乡里规矩,每家必坐、喝茶、吃茶叶蛋。一圈下来,已直打饱嗝了。然后到大堂兄家喝酒,满满一大桌人,皆是族中的兄弟,算起来都是"泽"字辈的。姐妹是不能上桌的,当然女客除外。

　　大堂兄好酒量,喝起来又有"文火炖肉"的功夫,浅斟慢酌,若不是要到祖父的坟上去祭拜,这顿中饭恐怕要吃到日落西山。祖父许仰宗,清朝末代秀才。时为1905年,科举废止,大势使然,光宗耀祖自然是无望了。他颇有学养,办起了私塾,号"熙春轩";自己在乡间也远近闻名,人称"南荪先生"。父亲只上了两年私塾,亦像祖父一样喜欢读书,二十三岁即悬壶休宁北街,精于岐黄之术,真正是个自学成才的中医先生。

　　小时候,家里的板凳总不够用,上门求医的人太多。只要是病人,哪怕是素不相识的贫苦乡民,父亲一概悉心地"望、闻、问、切",救人无数。在我的眼中,他又是典型的"徽州遗老",规矩大,讲礼数,常常感叹"人心不古"。每每看到我之懒惰、我儿之嬉顽,便感叹"一代不如一代",流露些"书香门第断书香"的忧虑。我不理解的是:1947年离开下汶溪,父亲仅在50年代因诊病回去过一次。几十里的路程,一抬脚就到的啊!他晚年在病榻上,说起故乡的山水草木,人情往事,却又如数家珍,宛如昨天。

　　祖父的坟茔就在玉几山一面向阳的坡上,苍松翠竹环绕,放眼望去,整个下汶溪一览无余。坟头上,青草萋萋,随风摇摆。我们按辈分轮着焚香磕头。毕竟在我出世前二十多年他就长眠在此了,哪怕磕得再虔诚,也是仪式化与程序性的。他又是有福气的,这齐刷刷跪下的一排排,不都源于他老人家吗?

　　我突然想起酒桌上堂兄说的那些祖父的逸闻趣事:老人家喜酒贪杯且又古道热肠,是性情中人。每每在村中小酒店喝酒至微醮时，便摇晃桌子，说桌子不稳；于是掏出银圆要店小二去垫桌脚，非得把四个脚都垫上才罢休。然后一步三晃地哼着戏文回家。一有穷苦人叫"南荪先生"，就从长衫里排出一把银角子撒将过去，众人快活地满地捡，他亦捆掌大笑而去。堂兄所言近乎野史，我倒挺相信他的话。一瞬间，遥远的、模糊的祖父变得生动、鲜活而又可触、可亲起来。

右 龙 初 记

　　已是五月,举目绿肥红瘦,开个车也免不了走走停停,拿着手机乱拍一气。尤其是流口经鹤城到右龙这一段,天之蓝、山之翠、水之清、竹之秀,无以言表。当然,路也好得出奇,宛如一条黝黑的大蛇在无边的翠色间蜿蜒游走。

　　来前在网上做了些功课,知道右龙有着"中国有机茶第一村""黄山生态第一村"之名头。进村后的诸多景物竟有了似曾相识之感,而直观的生动与鲜活让我切实感到不虚此行。村前村后转悠了一圈下来,居然没有发现一个同类——游客的特征具有高度的趋同性,装束自不待说,好奇地东张西望总是显得有些夸张,偶尔也有明显矫情的大呼小叫。整个村子在这个初夏的日子里显得相当安静,时不时传来的鸡鸣狗吠就格外高亢悠长。这里是老人、妇女与孩子的天下,一中年男子扛着根大毛竹赳赳而过,其彪悍态在村里已属稀有。

　　村中有小学一所,一栋白墙黑瓦的徽派小楼,大门有四只檐角,颇有古意。横额书"右龙小学",端庄朴厚;楼面上,饰以"百年大计,教育为先"的红字。楼下一室挂牌:联谊图书角。这为上海宝山区某学校所赠。不知何故,除几本残破的杂志外,并无一本图书;另一间挂大铜牌,上书"留守儿童之家",属本省的民生工程。有琅琅读书声从二楼教室传出(全校仅一间教室):晚上,满天的星星像明珠一样闪亮。一个孩子坐在院子里，靠着奶奶，仰起头，对着夜空数星星……

我循声到了教室门口，伸头窥看，里面大大小小的孩子十一个。一中年男子着灰旧老式西装，微驼着背，正抑扬顿挫地领读。他显然在努力字正腔圆，但终究是明显的"休宁打官腔"，撇得不行。我听了很亲切温暖，外出混了几十年，至今说话也还是这副腔调。

教室里却还在一遍遍地在"数星星"，前排的一个孩子显然不太喜欢我这个"不速之客"，朝我有点恼怒地瞪起了眼睛。我也有点埋怨这位乡村老师：光天化日下数什么星星，得带着孩子在夜晚的星光下朗读才诗情画意呢！从村民的嘴里得知，这所学校只有一位老师，教十一个学生，还分成三个年级，学生恐怕会愈来愈少。"数星星"的不知是哪个年级，又有几人？老师那间局促的宿舍兼办公室，床头蜷成一团的铺盖，未曾洗刷的锅碗搁在破旧的桌上……我意识到刚才自己的浅薄，这种大山里的坚守容易吗？想象很美满，现实很骨感，这可不是走马观花的乡村游，浮光掠影地玩玩农家乐啊！

沿着残缺不全的青石板路走到村边的茶园，便会感到这个季节乡村的忙碌。徽州有民谚："真忙摘茶叶，假忙三十夜。"雨前茶、明前茶一直采过来，现在恐怕是对"这片树叶"的最后一拨"掠夺"了。至少有一半多的村民（外出打工者除外）参与其中。茶园犹如一片绿色的海，上面漂浮着一个个戴草帽裹头巾的脑袋，走到近处就是一片咔嚓咔嚓叶枝分离的声音。这是一项手工性极强的劳动，眼明手快乃第一要务。我当年学农下乡，也曾操作过若干茶季而近娴熟。此时也忍不住拽了几把聊作体验。村妇婉拒：你这样采得让我给你揩屁股，得从下面一节一节往上捋干净啊！我嗳嗳止手，心想早已四体不勤了，这腰如何弯得下去？

人人都带干粮出门干活的，饭点已到，却见不到哪家炊烟袅袅。户户挂锁，能去何处蹭饭呢？村里的三家饭店一路问来，没有游客,都打烊了。一家的老板娘见我呈饿状,便邀我与她全家人同桌吃饭,只是要等半个时辰。我欣然接受,坐在大屋里喝茶,看墙上电视机里放的抗日剧,八路军武工队正与鬼子、汉奸打得难分难解,而灶间腊肉炖小笋的香味亦愈加浓厚诱人……

　　这道菜我最终没有受用,因为老板几个朋友要来,还得等一时半会,我这个蹭饭者怎么能"先声夺人",挑好的吃呢? 于是一人、一碗米饭、一盘茄子炒辣椒就先用了。菜很下饭,用自家做的酱炒得十分入味,辣椒是按季节在地里长出来的,软且香,大棚里生产的菜不可同日而语。

第四辑 昔痕旧迹

火　熄

　　某乡土辞典如是说：火熄，又名火篮、火熜。篮体用竹篾编成，空圆体内置陶质火钵，钵里盛炭火，可取暖或温烤。圆口依口径和尺寸，配有活动的网状烘盖，多由铜丝或铅丝编成。另配有铜质或铁质火筷。如此道来，难免枯燥与抽象。唯有与火熄有过亲密接触的人，才能感受到它的那份体贴与温馨。

　　徽州苦寒。无论是乡村还是城镇，火熄用的是很流行的。当年小小年纪的你早晨醒来，从热被窝里一伸出手，夹袄就套在了身上。那袄子暖暖的，肯定在火熄上烘了一个时辰。此时它的烘盖上，正垛着两个白瓷碗：一碗是白花花的米粥，嘟嘟地冒着热气；另一碗里有两个茶叶蛋，酽酽的汁水煨开了，微微地泛着漪涟。这在当时可是上等人家的早餐啊。你若是出身平民，能享受此等待遇，一定是根能续上香火的独苗。收拾停当，背上书包要出门了，大人又递来个较为袖珍的火熄，里面刚加上几块硬硬的栎炭。你拎着它，加入了上学的队伍。白霜遍地，寒气凛人，屋檐下悬着尺把长、亮晶晶的冰凌。一条窄窄的巷弄里，小学生们一字排着，缩头缩脚地鱼贯而行。每间隔三五个，就有一个拎火熄的，样子有点神气活现。

　　坐在冰窖一般的教室里，才知道一个小小的火熄，无异是"冬天里的一把火"。呼啸的北风从没有玻璃的窗户吹入，刮着残破的旧报纸，发出瘆人的声响。我们哈着热气，用皲裂开的双手，艰难地在练习本上抄写：锄禾日当午，汗滴禾下土……几个火熜轮流传递着，分享着那越发微弱的温暖。

教算术的吴老师，用浓浓的歙县口音讲解着四则运算。他的家就在教室边上，没有工作的师母带着三个拖鼻涕的孩子，靠着吴老师三十几块钱的工资扯拉着日子。吴老师喜欢举例，都是我有多少钱，你们有多少钱。无论加减乘除，结果总是他比我们多伍角；末了，他总要问：谁的钱多？我们也总是齐声回答：老师钱多。话音刚落，角落里传出"嘭"的一声，那边又是一声——埋在火熜里的花生、黄豆、玉米什么的终于熟了并自我膨胀，香气四溢。那时候，我们吃得不太饱，穿的不太暖，每天只能偷带点这玩意，权且当作"自助餐"。吴老师很是恼怒，气冲冲地过去，刚要训斥却张不开口——他的小儿子正躲在旯旮里，嘴里在嚼着花生米，一副心满意足的样子。全班静默片刻，继而哄堂大笑。吴老师大窘，悻悻地宣布：下课、下课。大家如得了大赦令，轰地跑到操场上。此时，红红的太阳终于冲破了重重寒雾，把温暖洒向大地。于是我们学着《白毛女》的曲调，昂首挺胸，齐声高唱：太阳出来了……

火熜的功能多元且广大，尤其在徽州的乡村。可取暖、可温饭、可烤粿；还可以烘老人的棉鞋、孩子的尿片。冬雨淫淫，大雪封门，徽式老屋高大、空廓，越发显得阴冷。有了火熜相伴（当然还有火桶），这日子挨起来也就不那么难受。只不过常常是温热和烘烤共存、饭香与臊味齐飘，暖昧的空气从雕花的窗棂里漫出，慢慢消散在广大的天空。倘若一张四方桌摆在堂前，一方下面各放一个火熜，四人垒起方城来，这乡村的冬季就显得生动和快活起来。漫长的日子恐怕就有点"苦短"了。

一云游于此的文化人突然发现这火熜还很有些艺术：篮体的篾料纤细如丝，编出的图案古风犹存；那双铮亮的铜质火筷怕是很有些年头了，上面还雕刻有饰纹呢！徽州人是很讲究这些的，"东南邹鲁"嘛。当年嫁女的嫁妆中，也少不了一对火熜，里面置放一块木炭,贴上红喜字。黑红相间,蛮好看的。当然,还有樟木箱、红漆马桶等。火熜在其中,等级大概相当于今天的电视机吧。

近来,火熜这几近"绝响"的物件在徽州又火了起来。作为徽文化的一个重要组成部分,专门召开了一个"火熜"(火篮)的学术研讨会,专家云集,高论迭出。有学者如是说:它是徽州古山越文明进程中的一个灿烂亮点,蕴藏着巨大的历史情感含量。看到它,就想到火,想到红色,感到温暖和热情。继而有一种心灵的感动,一种对于绵延于我们血脉的历史的回望。如此这般,对它市场化和产业化的前景颇为看好,精明的商人亦跃跃欲试。我很受鼓舞,迫不及待地在老房子的破烂堆里翻寻起来,兴许能找到一两个当年的火熜。令人沮丧的是,除了半个破缺得不成样子、满是灰尘的陶质火钵外,一无所获。赶紧收好,置之家中要紧处。像这样研讨下去,十年后它绝对是个颇有价值的文物。

火　桶

　　某冬日，某外地人途经徽州某乡村，见到向阳的屋前墙边，若干老人与孩童正屈腿端坐在几个木桶上。他大为惊讶，以为是在光天化日之下出恭，有辱斯文。走近一细看，大谬也：木桶里置陶钵一只，上面有镂空的盖，里面的炭火忽明忽暗。这几个徽州老幼衣装整齐，正一脸舒坦与怡然地享受着。外地人恍然，这木桶，不就是徽州人津津乐道的火桶嘛！

　　徽州的纬度不高，由于山高岭峻，这里的冬天是很难挨的。没有南方的温暖，没有北方的热炕，特别是夹着雪花的绵绵冬雨下将起来，越发冷得呛人——那是一种渗透到骨髓里去的阴冷。乡村陈旧的老屋高大空廓，寒湿的风从四水归堂的天井倒灌进来，盘旋在窗棂、斗拱与雀替之间，吸走了房里房外最后的热气，整个屋子像冰窖一样。好在徽州多山，山上有树，树可烧炭，炭可取暖。于是，便孪生出了火熜与火桶这一对兄弟，世世代代相伴着徽州人，使一个个漫长、逼仄的冬季变得温馨起来。

　　与手拎的火熜相比，火桶似乎更体现了一种"人本"的关怀和体贴，它的温暖是全方位的。火桶的规格是多种多样，高低不一、大小各异，可拎、可站，不讲什么工艺，求的是实用价值，都是乡村木匠的杰作。最大的火桶可围坐四人，八只脚放在里面都不拥挤。放几块上好的、不冒烟的枥炭，从早到晚都能热从脚底起，全身暖洋洋。就这么对坐着，拉家常、说古今，化冬天难耐的寂寞为消遣，变无所事事为乡村式的休闲。若能佐以山核桃、花生、瓜子等零食，那"坐桶"会变得趣味盎然。嗑剥吞吐间，编排出引人入胜的乡里轶闻，然后作为民间文化发散到家家户户，丰富着单调枯燥的冬季生活。

当然，女人会抓紧做一些纳鞋底、补衣裳的活儿；冬天农活少，猪长膘，镰上墙，犁耙搁一边。男人们喜欢拎着火桶，张家李家地到处找推牌九的场子，一坐下往往彻夜不归。输了钱，黎明时缩着头，弓着身，踩着一地寒霜，两眼惺忪地回家了。敲了半天门，里面主妇的脚步与骂声就一起出来了：白贴了一钵好炭。

一个徽州人，从生到死，如果不走出大山、走出乡村，那注定是一个"火桶人生"。始于火桶上的牙牙学语、摇头晃脑；终于几十年后在火桶上偞着背，像一个木雕，不言不语，残喘着最后的时光。当然，小小的火桶圈不住徽州人的心志，他们不甘"前世不修、生在徽州"的宿命，或顺着新安江，或沿着徽杭古道，说着旁人听不懂的土话，成群结帮地把自己"往外一丢"。几经打拼，还真弄出个"无徽不成镇"的奇迹。连乾隆皇帝下江南，面对那些个巨富的徽州人，也要感叹起来。

自从雄踞天下三百年的徽商颓败以后，这里的乡村越发显得保守、内敛、守拙，守着祖上巍峨的祠堂、华美的大屋，乡民们的人生哲学是知命而又知足的。有道是：手捧苞箩粿，脚下一桶火，除了皇帝就是我。火桶承载着一种自然状态下的生活意义与愉悦，幸福永远是相对的，这不能不说是一种简单和快乐的生活方式。

在这里的乡间，这器物至今还随处可见。大大小小、陋陋实实地体现着一种渐行渐远的徽风、徽韵。有的边沿被磨得光亮可鉴，那是多少代屁股蹭碰的工夫。仔细一端详，火桶上还写着字，正正楷楷，清晰可认：置于清光绪十八年。字很有些功底，不知是哪位乡村秀才的手笔。周沿的桶板也还是那么结实，桶箍是紫铜的，暗幽幽地发着光。

　　远走高飞他乡的游子回来了，很怀旧，老宅里转悠了几圈，居然西装革履地坐进了火桶。旁人哂之：真是不伦不类。他自己却一脸的深沉和严肃。大概，那遥远、尘封的记忆在这一瞬间全都开启了、复活了，像潮水一样地涌来，不可阻挡：孩提时，任凭大人一遍遍地叫，总是赖在火桶里不出来；大一点了，喜欢听故事，可那故事老掉牙了：从前有座山，山上有座庙……听着听着，就在火桶里睡着了；再往后，冬日放学的夜晚，坐在火桶上，就着微弱的煤油灯光读书，窗外呼啸着北风，拍打着破旧的门窗。日见衰老的母亲在一旁做针线活，微驼的身影模模糊糊地映在墙上。

　　此刻，游子开始恍惚起来，很想吃一块腌渍饼，馅是用老腌菜和咸猪油麇成的。那是母亲她老人家当年从火桶里烤出来的，怕他看书饿着，给他当半夜餐的啊！

裤 裆 街

　　屯溪老街,西起于有五百年历史的老大桥——镇海桥,弯弯曲曲了几百米,依次经过上马路、中马路、下马路,东止于青春巷。巷口现立有牌坊一座,上书"老街"二字,为本地一书法大家之手迹。这个位置以前是没有它的,老街在此划了一个句号,并分南北斜斜地拉出了两条小街,好似一个人叉开的双腿。屯溪人形象地称为"裤裆街"。

　　南边的那条尽头是一个公园,就被叫作"公园街"。这公园袖珍得可以:一个亭子,若干假山,掩映在稀稀疏疏的树林里。有几个本土的文化人供职于里面小破楼的文化馆里,舞弄文字,吹拉弹唱,不定期地出一份叫《屯溪文艺》的铅印刊物,惹得一些傻乎乎的中学生化名"扬帆""翔鹰"什么的去投稿,做点好高骛远的文学梦。内有一大学艺术系的毕业生,风度颇佳,怀才不遇,常常很不情愿地写些对口词、三句半的应景之作,辅导辅导工农兵的革命文艺活动;但他谱一部大手笔的交响乐,做一个中国贝多芬的理想始终未曾泯没。可周边琐碎嘈杂的市井喧嚣又一次次地消解掉他的冲动与灵感。

　　清晨,当天边刚泛出鱼肚白,新安江上还弥漫着腾腾雾气,裤裆街拨动的第一个音符,是两边临街人家木门闩被拉开发出的声响。门"吱"地开了,拉粪的板车准时且慢悠悠地过来,车夫摇着铃,唤出一个个鲜妍或褪色的红漆马桶。拎上来倒下去一番程序后,家家的主妇便用尖硬的篾条束成的竹刷,零距离、单调地刮着马桶内的残留物,发出瘆人的声音。此起彼伏,渐渐消失在一片泼水声里。

接踵而来的是四乡的菜农,挑着还带着露水的蔬菜,来赶公园街的菜市。太阳才露脸,全城的人好像都涌到这里来了,熙熙攘攘的。你挎着篮子转一遭,至少可以遇见十个以上的熟人。篮里的东西则实实在在反映了各家各户的生活指数,最大的区别是你买了上市菜还是下市菜。

八点刚过,人潮退尽,空荡荡的街上,只剩下几个专注地捡拾菜皮菜帮的老妇人。此刻,惺忪着眼,穿着睡裤,趿着拖鞋的姑娘从一边的小巷里崴出,蓬乱的头发用橡皮筋随意地一挽,提着两个竹壳水瓶踢踏踢踏地去老虎灶冲水。顺便在旁边的小吃店买两个烤得冒油的"蟹壳黄"(小烧饼),回去就着刚泡开的"屯绿",权且作早点了。这副倦慵慢怠的样子,免不了背后让人戳戳点点:嫁不出的懒囡。

裤裆街的另一条腿叫黄山西路,是屯溪人生计的基础设施所在。米盐油酱醋店一字排开,绰号"一把刀"的肉铺子占据着最好的市口。短缺经济使他成为这里的第一号"稀有资源"。他很吃得开,上午卖完肉,喜欢凸着肚子,背着手在街上溜达,耳朵上夹的香烟绝对是"大前门",迎对着都是阿谀的眼光和讨好的问候。下午就在店门口摆一张旧藤椅,靠在里面懒懒地晒太阳,就像一大袋口子没扎紧的土豆。他一支接一支地吸着烟,吐出的烟圈在空中能完整地飘浮着,还时不时地拿起满是茶垢的大搪瓷缸咕咚几口。不时地和路过的少妇开些荤玩笑,惹得人家半嗔半恼地捶他。

斜对面是一家卖牛肉的清真馆,招呼生意的是个魁梧的红脸汉子。他的相貌,总让人想起《三国演义》里对关羽的描写。这条街最热闹的地方就是百货店了——当年屯溪的"中百一店"。四五个不大的门面,依次出售着布匹、服装、烟酒和副食品,既吸引着当地人的眼球，又引导着小城落伍的时尚。我童年时代的朋友小宝整天无所事事，怀里揣着几分钱闲逛大街。在百货店里居然这不想买，那也不想买，纯粹过把眼瘾。最后，换回了一瓶盖五颜六色的豌豆糖让我们分享之，代价是每人借一本小人书给他。那时，最让我们垂涎的是用粗糙红纸包得方方正正的顶市酥，好甜。

裤裆街与老街的连接处有一栋灰色的二楼，相貌平平。山不在高，有仙则名。当年徽州地委机关报——《徽州报》驻扎于此，也就成了当地有点身份的文化人进进出出的地方。因为是喉舌，"文革"中遂成为两派的"兵家必争之地"。某日，它在刊头上登出一组图案，立刻遭到对立派的万炮齐轰。缘由是它形似白宫和克里姆林宫。这不是明目张胆地为帝、修、反张目，罪该万死！保它的一派则认为这是北京的邮电大楼。双方各执一词，"文攻"的不可开交。舞文弄墨的秀才在裤裆街的两边墙上，用大字报上摆开了擂台：或直笔强攻，或曲笔侧击；或引经据典，或揭底究根。数轮对垒，难分胜负，有点像前几年春节晚会上打牌的那个小品。最后，统统搬出"最高指示"，意欲一剑封喉：凡是反动的东西，你不打，它就不倒……孰为反动，又引发了新一轮的攻防战。

那些天里，报社门口如同赶庙会一般热闹。如此下来，最讨便宜的是那帮以收破烂为生的混混。每天夜深人静时来撕扯大字报，废品站则不管是革命的还是反动的，一概收之，如数付钱。某夜，两派联合行动拿住了混混。一查他们，都是根红苗正的三代赤贫，正愁没地方吃饭睡觉呢！只好作罢，赶紧撵走。

报社里面是一个大院落，楼上楼下几十户人家杂乱无章地散布在此，共同使用着一个肮脏不堪的厕所。尽管如此，还常常人满为患。出恭的人井然有序地等候着，并歉恭有加地让内急者先行解决。在那些个如行云流水般的日子里，有人庄严地写社论与短评；有人百无聊赖地哼样板戏文；有人就着几块豆腐干喝山芋酒；有人怀才不遇地长呼短吁：前世不修，生在徽州……也有洒脱豁达的真性情之人，属于长期在革命队伍里吃不开的"小资产阶级"知识分子。他很快活,身在陋室,心怀天下,三教九流皆为客,高谈阔论茶当酒。只是家里邋邋遢遢随意得可以,譬如三请四邀来了一帮吃客,上桌了,却不知菜在何方。养成的两个女儿倒亭亭玉立,清清爽爽,走出那毫无生气的灰楼,常为路人所注目,也让某些人做了不少纯洁或不太纯洁的好梦。她们倒中规中矩,无任何风流韵事传出。

　　十年前,裤裆街因城市改造被夷为平地;八年前,原址上矗立起一座商贸城。吃喝玩乐,灯红酒绿,热闹非凡,当年的痕迹被抹得干干净净。物去人非,只是一个瞎眼的算命先生还时不时地旧地重游。别来无恙,三十多年了,他还真不见老,据说现在的生意还挺不错。

老 虎 灶

那时，小城里的人是舍不得用烧饭烧菜的柴薪来烧水的。于是，家家半大的孩子便有了几年这样的人生履历：每天拎着竹壳、搪瓷壳的水瓶，到一个叫作"老虎灶"的场所去冲开水。

为什么把一个烧卖开水的地方与威风凛凛、凶猛无比的"百兽之王"联系在一块呢？形似？还是神似？好像都不是。它给我的第一感觉是阴晦、幽暗，湿漉漉的，绝对没有什么"虎虎生气"。一个十五瓦的灯泡尽管在白天也晃荡在高高的屋梁上，橘色的光亮在水气的雾霭中，显得昏黄与浑浊。屋顶灰蓬蓬的，上面镶着几块明瓦，透射出几缕无精打采的光亮。进门须购水牌子，一分钱一个。牌子是用竹片做的，上面火烙了一个"水"字。不知被多少手抚摩过，变得黝黑发亮。在灶台上搁下水瓶，须把牌子准确地投进一个小木箱里。

打水的是一个和我一般大的孩子，正端坐在高高的灶台上，表情很严肃，一副苦大仇深的样子。他一手水勺，一手水斗很协调地动作着，基本滴水不漏。每隔一阵子，还要拔开一个木塞子，让上面大缸中的冷水流进锅里，那锅真大，直径至少有两米，烧起饭来，够百来号人吃一顿。我对他的技能娴熟自如佩服得不行，他两臂的肌肉也一定很发达吧，掰起手腕恐怕是无人可敌！

炉膛宽敞敞的，大口大口吞食着木器厂拉来的锯末，升腾着火苗,老虎灶之名是不是就源于此呢？最累的是那个挑水工了,水井在半里之外,两桶水足有一百多斤,进屋后还要上几个台阶,把水倒进大缸里。这方圆几里地人们喝的、用的开水都靠他一根扁担挑来,难怪不到中年,他的背已驼得像一张弓了。小腿肚上血管暴起,如同几条大青蚯蚓在爬着。相比之下,那位在门口卖水牌的中年妇女真是太轻松自在了。她一边漫不经心地卖牌子,一边磕着香瓜子。那瓜子用一方花手帕兜着,放在矮凳上,吃瓜子的速度很快,丢进去壳就出来了,噗噗地吐了一地。她还不时地与门外路过的男人说些我们似懂非懂,她(他)们又笑又骂的事情。

老虎灶在小巷的中间,巷口左侧是一个烧饼店。那烧饼是很有点特色的,当地人把它叫作"蟹壳黄":五花肉丁与霉干菜羼在一起,面粉裹着拍成饼状,抹上菜油和芝麻,放到炭火炉里慢慢烤。那炭须是栎树或柞树的,质地坚硬、经烧,又有一股特别的香味。待到一面烤得焦黄、油微微渗出,便起炉了。退休的六爷每天早晨七点准时迈着方步进店,照例用一角钱买两个刚出炉的烧饼。然后用满是茶垢的瓷杯去老虎灶泡茶。杯是用祁门的粗瓷烧的,大得须用半勺水才行。

六爷喝茶对茶叶不讲究,二三块钱的屯绿即可;水是一点马虎不得的,一定要滚开。他就坐在店里窄窄的条凳上,跷着脚,烧饼就着热茶,细嚼慢咽大半个时辰。我们常常拎着水瓶,站成一排,在门外呆呆地看着他,好生羡慕,然后把到嘴边的口水使劲地咽下去。也希望自己快快长大、变老,享受到六爷这份清福。

每天早中晚往返三次去老虎灶是很单调枯燥的,尤其是在寒风凛冽的冬天。地面冻得硬邦邦的,满街的屋檐下都挂着一溜尺把长的冰凌。两只拎水瓶的手冻得又红又肿,还皲开了口子。此时进老虎灶就想多待一会儿,灶膛中的火热烈又生动,大锅里的水沸腾又快活,一切都显得温情绵绵。夏天里面则很闷热,进去就想早早地离开。外面太阳很毒,知了在单调、不知疲倦地叫着,让人好生烦躁。

　　离老虎灶不远处还有一个大宅子，青砖的门罩，两边有石鼓，挂着黄铜门环的两扇大黑门始终关闭着。地基的条石缝间，垫着一块块铜板。不少孩子想入非非地想撬几块起来，却始终不能得逞。里面有一株好大的桂花树，大半个身子从高高的院墙里伸出。秋风一起，桂花香飘几里，一直延续到第一片黄黄的银杏树叶落下的时候。在这段时光，拎着水瓶，闻着沁人的花香，才觉得去老虎灶不是那么令人厌恶。

　　一进初中，我便正式结束了这段生涯。开学没几天，隔壁班来了一位新同学，竟是老虎灶打水的那位少年，他也脱离"苦海"了？我们在教室门口相视一笑，神情就像多年的老友重逢。

老　宅

大凡是徽州真正的"土著"，对居住在老宅的回忆大多是不爽的。其实老祖宗也是感同身受的，形容为坐牢狱一般。

遥想当年，徽商鼎盛时，黄山白岳间，"乡村如星列棋布，凡五里十里，遥望粉墙矗矗，鸳瓦鳞鳞，棹楔峥峥，鸱吻耸拔，宛如城郭，殊足观也。"高高的马头墙，窄小的窗户，一抹惨淡的阳光透过"四水归堂"的天井，射入幽暗的厅堂……有人说，这是徽州人，尤其是徽州男人阴暗心理的折射。年年岁岁在外奔波做买卖，时时惦念着故土宅子里的一切：防火、防盗，更防女人红杏出墙……最可怜的是一个个徽州女人，每每夜幕降临，随着门闩的一声落下，深宅大院便陷入死一般的寂静。漫漫长夜，寂寞的妇人将一把把铜钱撒在地上，一一捡起，复又撒落，又一一捡起……日复一日，年复一年，青春少妇熬成白发老妪。老宅的雕梁画栋应犹在，其间穿过了多少昨夜的星辰昨夜的风。

休宁城北霞屏巷的一个老宅里，留存着我幼年的时光。记忆依稀的是一口井壁上布满青苔的水井，天井里一溜终年都是湿漉漉的条石，上面摆着几盆茂盛的天竹。我不敢亲近奶奶，她老人家如幽灵一般整日端坐在一间白天黑夜分不清的厢房里，一根瘦骨嶙峋的拐杖搁在一旁；裹脚布长得不能再长，散发着一股奇特的异味。还有几位老太太，分住在其他几间房子里，仿佛文物一样与老宅相得益彰。

　　最铭心刻骨的是母亲带我去乡下医疗,住在一个大大的临河的老屋里。窗外能看见一座长长的大石桥,像一个老人一样弓着背。桥孔下有人划着腰盆在撒网,岸边泊着渔排,几只鸬鹚立着一动不动。后来我才知道,这是齐云山下的登封桥,比我的祖宗八代还要老二百年。

　　一天夜里,母亲出诊。她以为我睡着了,掖掖被角就出门了。当她的脚步在青石板的小巷里最终消失时,一股巨大的恐怖完完全全包裹住了我。要知道,这个三进的且有后花园的清朝老宅子里,此时只有一个五岁的幼童蜷缩在雕花大床的一角,浑身哆嗦。楼板在不间断地发出响动,莫非是老人说的黄鼠狼精驾到? 它可是专咬小孩耳朵的呀! 于是我放声大哭,直到筋疲力尽,昏昏睡去。

　　相当长的一段时间里,我对老宅怀有深深的厌恶感。看到它们在徽州一片片地消失,变成一堆堆颓墙碎瓦,竟油然生出一种歹毒的快意。乡村的亲戚朋友夸富显奢,便是平了老屋,在宅基地上结结实实地盖起三层洋楼,白花花的瓷砖贴墙,门楣上再也不是古戏文内容的石雕砖雕,而是用五颜六色的马赛克拼出些桃红柳绿、五谷丰登。进了家门,窗明几净,宽敞透光,即便是二十年前,彩电冰箱也是有了,置于最显眼处。古风犹存的是堂屋正中还是一张八仙桌,四长条凳;坐定后一杯热茶,旋即一盘肉包子,一盘茶叶蛋,皆热气腾腾。你被当贵客待了!

　　20 世纪 80 年代开始,"徽州热"一发而不可收。于我而言,时间与空间的距离而产生的乡愁,愈发成为萦绕不去的情思追忆。故乡的青山绿水、鸟语花香何处寻觅不得,唯有其间矗立的老宅(含其他徽派建筑),才能明确无误地告知:这里是独一无二的徽州。视觉上的美感把多少外地客挑逗得一惊一乍,进而产生程度不同的痴迷。他们在里里外外转悠、拍照片、写文章、吁感受,自以为抓住了徽州的精气神;本土文人亦推波助澜,不遗余力地呼吁保护这不可再生的文化遗产。老屋确实是徽州最重要的表征与符号。一个村庄，哪怕有几栋老屋立着，明清的自然古意悠然；即便是民国时期的，也能让人漾出些怀旧的情怀。新建成的黎阳水街属中西混搭，它最吸引眼球的恐怕还是立在街心的贾家大院与石家大院。碧山书局的妙绝处在于开在一个古旧的祠堂里，卖的是海德哥尔、卡夫卡与村上春树。

老屋渐渐被保护起来了，风景或风水好的还能卖个好价钱。买者有土豪，亦不乏有点钱又有点闲的读书人。城里的钢筋水泥森林太逼仄了，还有拥挤的交通、急促的生活节奏，更有铺天盖地的雾霾。撤退似乎是明智之举，徽州，俨然成了可躲可避的"后花园"。患了城市厌恶症者一般都要间歇性发作的，那就去徽州疗治吧。住老屋、吃土菜、挖红薯、打板栗、烤火桶……一些老宅改造的客栈火得很，节假日每每告罄，特别是冠以"猪栏""牛圈"名称的。看着人们从老屋里进进出出，一副乐不可支的模样，我颇困惑：住得真那么舒服吗？

秋天，我去了西溪南村。这里有一乡土文人姓名苟洞，孜孜不倦地考证出《金瓶梅》写的是西溪南的事，兰陵笑笑生便是邻乡的汪道昆。鼓吹了许多年，苟同者寡。其实，西大官人的那七进院落、药铺、盐铺、丝绸庄与西溪南的富贾大家比，仅小土豪耳。此乃徽州富甲一方的大村邑。村中峙有十大名楼、十大寺庵、十大社屋、十大牌坊、二十处名馆阁、二十四名堂院。皆是老屋古宅，而今只是破败不堪而已。

入夜，宿西溪兰苑。此为一老宅改造，修旧如旧，古色古香。二楼有客房，内亦中西混搭，家具老旧，卧具布棉软柔，空调、电视、网线、浴卫一应俱全。九点后，全村睡着一般，偶尔几声狗吠。仰卧，上方若干块明瓦铺就，可见繁星点点，月光如水一般，竟直泻到了床上。

马 桶

一位学者曾说：人类自从直立行走以来，似乎还没有什么比规范便溺更能凸现其作为文明动物的特征。马桶，作为曾与人体最亲密接触的器物，以及千百年间由此衍生出的种种习俗，更是与酒文化、耕文化、食文化等等构成了传统文明的方方面面。

马桶在徽州也长期是一道不可缺失的民俗风景线。小时候，特别喜欢看热闹的婚娶场面。新娘子带过来的嫁妆，必有一个漂亮的新马桶。那马桶红彤彤的，上下各有一道锃亮的铜箍。讲究一点的，桶身还雕刻着牡丹、腊梅、桂花什么的。或浮雕，或透雕，鎏着金，工艺也很精细和生动。说起来，也该归于著名的"徽州三雕"中的木雕。马桶里的东西于我们来讲很实惠：花生、瓜子、枣子、煮熟的鸡蛋……新娘子长得如何我们不感兴趣，她刚进门一歇脚，我们就会一窝蜂地涌上去，把马桶里面的东西抢个净光，一哄而散。全然不顾大人在背后撵着打骂。我们只是不理解为何把这么许多好吃的东西藏在此物件里。这叫民俗，或叫文化，小家伙哪懂这高深的东西。这项使命于马桶而言也是短暂的，要不怎么都流传着这样一句歇后语呢：新娘子的马桶——三天香。

没有公厕，更遑论今天已相当普及的抽水马桶，与人们生活密不可分的旧式马桶当年自然大行其道。徽州多山，山上有树，木匠在乡村和城镇都是个挺热门的行当。马桶虽是出恭用的，但也绝

199

不是雕虫小技。从选料、开料，到画线、锯弧、上板，到最后的雕花，一共要有十几道工序，那是一点马虎不得的。如那上箍的活，看起来简单，做了就知道难：紧了，马桶帮会裂；松了，就要脱胶、漏水。恰到好处全凭手感。铜熔点低，热胀冷缩，所以它是马桶箍的首选。

如此，久而久之，便从木匠里剥出了一个分支——"马桶匠"。听起来似乎不雅，却是个吃香的活儿。一只用料、打工上好的马桶，可用三四十年。上了年岁的它，桶身已由大红变得黪黑，桶箍也由澄黄变为墨绿，一副老态龙钟的样子，但还一如既往地承载着人们的臀部。那平滑、发亮的扣边，是多少屁股多少年蹭磨的工夫啊！

马桶的置放处，一般是内屋的隐蔽处，与人的起居最为贴近。方便是方便，那股子挥之不去的臊臭味又总让人用而远之，更何况是在窗小门窄，空气很不对流的徽式老屋里。因此，就有了"马桶箱"的应运而生。此物方方正正的，两侧有抽屉若干，各司其职。考究的人家，还后置一个烛台，读书人可秉烛看书，不少学问文章就是在马桶上做成的。当然，时间做长了，就会产生便秘和其他什么的，那也是很难受的。箱前还有一横条木板垫脚，时间久了，腿也不会麻木，考虑得很周全。马桶箱的盖厚重且严实，马桶置在其中，盖上后基本不留隙缝。臭味消除，看起来也雅观多了。

有了一些年纪的徽州人都会记起：孩提时代每天清晨睡梦的搅醒，多少与马桶有关。倒粪车"嘎嘎"而过、倒粪人手中的铃铛声声。自然，少不了他粗声粗气的吼声：都出来吶！他也知道哪几家是懒婆娘，到了门口，铃铛声、嗓门声照例要大大的。门梢一响，主妇们揉着惺忪的睡眼，拎着马桶就出来了。此时，天刚蒙蒙亮，新安江上还飘忽着一层浓浓的晨霭。老街一带就响起了一片"嚓嚓"的声音。家家的主妇用竹篾编的刷子，用力刷刮着马桶。刷子很坚硬，与马桶，特别是遭遇桶底所发出的声音，怪瘆人的。再往后就是倒水、泼水声。这一切，前前后后大约要进行半个小时。当太阳从东方喷薄而出，万道金光普照大地时，家家户户的门口，都站立着一个干净清洁的马桶。皆取扣板斜支着盖子这么一个姿态，像一个个门卫，沐浴着灿烂的朝晖，很有点样子。

我们经历了一个马桶由兴盛到式微的时代。特别是在城市里，你今天倘若还见到马桶，恐怕也是"硕果仅存"。城里的儿子发财了，要表孝心，把乡下的老娘接到自己那三百平方米的豪宅里小住。老人一切都满意，就是执意要一个旧式的马桶方便。她实在受用不了那个一坐上去就放音乐，还会自动流水的感应式玩意。儿子苦觅不到，只好悻悻地把老人家送回老家。

在徽州的乡村，马桶还是随处可见的，只是新式楼房越盖越多，它也渐行渐远。但要归于"绝响"，恐怕还尚须时日。去年秋天，我曾夜宿西递。一夜秋雨，叶落无数。清晨雨歇了，雾气蒙蒙，一人在小巷中溜达，静悄悄的。一栋五岳朝天的屋子，年代很老，窗口很小。里面突然传出一阵阵被称为"泉水叮咚"的声音，接着左侧，然后是前方，接二连三，余音缭绕，不绝于耳。西递新的一天，就这样开始了。

木 器 厂

过去小城里有个木器厂,背靠着新安江,好些原料都取自上游下来的木排。那时江水很湍急,对岸皆是青青的草滩。一溜溜木排被桃花春水推搡着,你前我后地随波逐流。排头立着个挥舞竹篙的排工,斗笠蓑衣,驾着一条长龙,春风得意的模样,绝对的老子天下第一。

木器厂里有好几十个木匠在干活,年轻人居多,当地人统称为"小木匠"。他们凭力气和手艺吃饭,砍、锯、刨、削、凿,都是手工活。放到当下,有的绝活大概可以"申遗"了。你见过打一套家具,俗称"四十八只脚",而不用一根铁钉的吗?可在人们眼里,木匠算不上纯血统的工人阶级,而是一群匠人的组合;厂子也知道不能与诸如机车厂、食品厂、电机厂并驾齐驱,挺自知之明地把自己归于"手管局"(手工业管理局)的辖下,与竹器厂、鞋厂、棕厂等为伍。那时下班着满是油渍的工装在街上晃悠,是有不错的回头率的,那些人的头胸自然昂挺。

木器厂出来的不行,一身的木屑与灰尘不招人眼。附近有一个纺织厂,到点如开闸放水,淌出一大批漂亮的女孩,且都洗浴已毕,蓬松的头发披挂着,散发出淡淡的皂香。小木匠们站在厂门口,眼睛看直了,搭讪、调笑、献殷勤的都有,终是未遂,引来同伴讥笑:癞蛤蟆想吃天鹅肉?个别艺高胆大,竟得手了,娶的是"野囡"。

本地的方言里,特指性格外向、行事泼辣的女孩。

就生活水平而言,他们在小城肯定是中产。你只要完成了定额,便可支到一份薪水。手艺不错的,就可被人请上门打家具。工钱自不待说,还包吃喝,有烟抽。小木匠们都乐此不疲,最理想的是东家还有个未出阁的闺女,年方二八以上,每天进进出出,沏个茶倒个水,"大哥"不停地喊。最沮丧的是家中枯坐二老,盯着你出活,且吝啬得要命,菜里基本不见荤,香烟盒里一天总是五支烟。小木匠见吃喝如此这般,又不施美人计,恼了。也不摆在台面上发作,就三两天打鱼晒网地敷衍着。来了动作两下,扯过一本《水浒传》看半天;天上飞过一只鸟,用橡皮筋弹弓瞄着打。东家知道遇到了"瘌痢头",只能暗暗叫苦。

我小小年纪与木器厂发生联系完全是生计所迫。那时家里灶台烧的全是木柴,需要刨花做引子点燃。每隔一段日子就要去木器厂捡拾刨花,求大于供,做此营生的孩子数以几十。你得早早地在车间里的木工台前候着,遇到木匠有刨材的活,算是走运了。他拱着身,有节奏地用双手推着刨子,薄如蝉翼的刨花不断涌出,我们则迫不及待地往自家的筬篓里装,免不了狗咬狗、一嘴毛。这就给了小木匠可乘之机。他让小子们一字站好,挨个问家中可有姐姐。没有的尽数逐出,留下的再问可愿叫"姐夫"。年纪大些悻悻而去,不解世事的则扯着嗓子大喊大叫。上了位的"姐夫"们听了眉开眼笑,年纪大的师傅则皱起眉头:这帮子青皮。

"小舅子"自恃有了靠山,洋洋得意起来:姐夫的刨花舍我其谁?除此以外,最大的好处是刨花装满了筬篓还可以寄放在"姐夫"这里。因为木器厂每月才过一次秤,没认姐夫的孩子只能把筬篓东躲西藏,其状惶然。我不择路,拐进一偏僻屋前,四周杂草萋萋,人迹罕至。推开虚掩的门,里面竟摆放着几十口白生生的棺材。空气里混夹着油漆和桐油的味道。我很恐怖,丢下筬篓急急如漏网之鱼逃出。好半天了,心还在咚咚地跳。

掌秤的是位老头,也是厂门口的门卫。每天准时用铁锤子敲打挂在柳树下的一块铁板，很有尊严地发出上下班的信号。他长着个红彤彤的酒糟鼻子，一个满是茶垢的搪瓷缸整天不离手。吆喝起来嗓门很洪亮，我怀疑他当年恐怕是哪个县剧团的"角"。我们相当怕他，见了皆作鸟兽散；过秤时都怯生生的，多少斤两由着他说。

当然，木器厂里也有我暗暗崇拜的人，那两位锯圆木的大汉着实孔武有力。锯足有三四米长，齿亦有一寸；二人各站一边，手若弓，脚如钉，你来我往，配合默契，极具生命力与节奏感。硬生生地把一根米把粗圆滚滚的木头锯成十几块厚薄一样的板材。那臂上隆起的肌肉，绝对不亚于《第一滴血》里的史泰龙。

三 轮 车

在一个城市里,大小巴士、出租车、摩的、蹦蹦车与三轮车共同充任着公交工具,恐怕并不多见。那在大街小巷来来往往、穿梭而行的三轮车们,对新来乍到屯溪的外地人而言,绝对是一道能吸引眼球的风景。

老人们说:上次看到三轮车,是在 20 世纪 30 年代的后期。日寇攻抵宁国,面对着徽州的重重大山却步了,屯溪遂成了抗战的后方。军政机关、学校报馆、达官贵人纷沓而至,国民党第三战区的司令部也曾驻扎在近郊的隆阜。一时间,屯溪成了拥有 30 万人口的"小上海"。其热闹与繁华,绝非是郁达夫笔下《夜泊屯溪》的那份冷清、那份寒碜。古老的青石板路上,滚动着从沦陷的大城市黄包车模仿来的三轮车。上面坐着商号的老板、摩登的太太或是多少有些落魄的教授。那一招一式,一看就知道是大码头来的。

四五年胜利的爆竹一响,这一切很快消却得无影无踪,屯溪很长时间地沉寂下来,还曾跌落为休宁县下辖的一个镇。以至于到了 80 年代初,它的市面被概括为:一个岗亭、一个澡堂、一条马路、一个影院……突然有一天,这里的街头出现了成群结队的三轮车。与之相伴的,是雨后春笋般拱出地面的小地摊、小吃店、小商铺……这被一下子激活的商业文明实属无奈:屯溪那可怜巴巴的工业哪能经得起市场经济的一点冲击,下岗的青壮劳力纷纷上了街,蹬起了三轮车。

最初的那些日子也真是难为他们了：肩上搭条毛巾，头戴破旧的草帽，脚下一双草绿色解放鞋。裤脚半卷着，腿肚上瘦筋筋地没什么肌肉。遇到一点坡呀、坎呀，还要下车费力地推拉。本地人坐在上面，有点于心不忍，没准蹬车的，还是自己的邻里街坊。外地的游客倒是心安理得地端坐其上，他们常常好奇地东张西望，以为坐三轮车逛屯溪老街，就是在体验徽州文化。喜欢舞文弄墨的，恐怕还会写篇游记什么的。他们大概想不到，前面弓着腰的车夫，兴许还是某个大盐商的后代，祖上可阔着呢！家境再窘迫，那一两件传家古董还严严实实地藏在阁楼上，拿出来吓你一跳。

毕竟三轮车的行走，是对人之体力的直接剥夺，那几块钱的车费，真是浸透了汗水。撇开这层人文的关怀，在原徽州府辖下的六县，不愧为一种既环保又闲适的代步工具，透发着小城市的倦慵与悠然。它可以平平稳稳地把你送抵城里的任何一个角落，你也可以不紧不慢地招摇过市，从心底漾出些怀旧的情怀。尤其在月光如水的夜晚，三轮车缓缓地滚过老街。这街弯弯曲曲的，斜插出一条条巷弄，巷口挂着橘色的风灯。车慢慢地停下，那撩腿下车的人没准是个徽州的"遗老"或"遗少"，只是再也不会穿长衫了。

这三轮车在徽商的故里刚流行起来，就遇到了竞争对手：有一天，屯溪街头忽地开出了一溜小面的，两块钱载着你从火车站到老大桥，硬硬地撬走了一大块生意。车夫们恼了：这浙江佬的手也伸得太长了，居然来抢我们的饭碗！骂了一通政府，也干了些砸玻璃、扎轮胎的勾当。终究是青山遮不住，眼看着昱岭关那边过来的老板又是并购企业又是搞房地产，出手既大气，又精明。当地人服输了，可又咽不下这口气。那些研究徽文化的本土文人更是痛心疾首：徽商雄风今安在？怎么就不能再出个胡雪岩什么的！

今天这里的三轮车设计得单调，基本上没有什么创意，更遑论徽风徽韵了。其实文人们还是能有所作为的，可惜他们把时间都花在作文吟诗、饮酒打牌上了，不屑于这形而下的事情。北京的三轮车可是舒乙等一批文人帮着设计的,古色古香,很有些皇城根下的品位。宋楚瑜一行人到北京,参观恭王府,还是一溜子三轮车拉过去的呢!徽商的后裔似乎也不太想光大什么诚信的传统,车夫们市场意识与日俱增,旅游地的潜规则亦运用自如。大年初一到初三,宰客的刀更是磨得飞快,车资一律上浮百分之百。即便你操着"ACD"(我知道)这纯正的乡音也不能幸免。

水 埠 头

徽州人家,临水而居。数不清的水埠头,系泊着大大小小的乡镇与村庄。

最小的水埠头,大抵只有三五块石头,深深浅浅地由岸边延伸至水里。那水由大山里跌跌撞撞地冲出来,或许是这里风景如画,眷顾了一下,便有了一湾平和安静之溪流。春雨潇潇时节,烟笼青山绿水;水埠头边有老树数株,皆朝水侧倾斜,枝条新绿柔长,随风摆动,在水里划出阵阵涟漪。沿石阶拾级而上,如篁的修竹之后,有人家几户,黛瓦白墙,葛藤蔓蔓,雪白的梨花团簇着探出头来。紧闭着的柴门"吱"地开了,主妇戴斗笠拎竹篮出,如同一幅水墨画里走出了一个大活人。水埠头的石头是质地坚硬的青石,平整如砥,多少年的涤洗捶打,愈显光滑洁净,纹理可鉴。水很清澈,稍有动静,成群的小鱼便不请自来,聚散依依,要想逮住它们则是徒劳的。不时地有落瓣的桃花顺水飘来,红的白的在水埠头边流连忘返。主妇忙不迭地用手拂开它们。

一条两头尖尖小船在水埠头的不远处泊着,孤独、安静。它的主人恐怕已多少年没有眷顾它了,苔藓遍布船身,桨剩下半截,一件蓑衣已松散的不成样子,扔在渗水的舱里。一只野水鸟斜斜地飞过来,单脚立在船头东张西望,梳理羽毛。终于耐不住这里的寂寞,"扑哧"就飞走了。

　　走出深山的溪流，开始昂首阔步地前行，一般会经过诸如渔亭、溪口、万安这样的大镇。当年的悠悠古意，几经扫荡，或许还残存着几孔垂垂老矣的桥、一段残破不堪的街、一座欲塌不塌的塔。你若问起当年这里的繁华，老人会指指河边的一个个水埠头，与你细说此处那时的百舟竞渡、樯桅如林、商贾毕至，算起来，也该是听他父亲或祖父"讲那过去的事情"才知晓的。某个富甲海内的大徽商，十三四岁时，就在这个水埠头上船，背着个青布小包袱，夹着油纸伞，几百里水路，去杭州学生意。河风振袖，船走泪流，一去就是几十年啊！你被说得感慨不已，急切切地要在水埠头边寻找当年的旧梦遗痕——那系缆的柱石该不会湮没在岁月的河流里吧？你失望了，有点混浊的水打着漩涡过来了，白花花飘浮着的是塑料饭盒。

　　率水与横江的汇合处便是屯溪了，清代已然为徽州的大码头了。有诗云："长虹侧影卧波间，两岸人家接市圜。夜间增高三尺滩，暮云补出一层山。"我的记忆里，屯溪人的烟火生活，与沿岸大大小小的水埠头紧密相连。天刚蒙蒙亮，新安江上还飘忽着一层浓浓的晨霭。老街一带就响起了一片"嚓嚓"的声音。主妇们来到水埠头，用竹篾编的刷子，用力刷刮着马桶。这一切，前前后后大约要进行半个多小时。当太阳从东方喷薄而出，家家户户的门口，都站立着一个干净清洁的马桶，像一个个门卫，沐浴着灿烂的朝晖，很有点样子。

　　当然，情调最足的还是夏天的傍晚。悬在西天的夕阳把它最后的残红泼进江里，碧清的水变成了金黄，碎金一般地泛着粼粼的波光。渔排泊在水埠头边，几只鸬鹚很安静地立在排头，形成一个漂亮的剪影。已有五百年高龄的老大桥身子骨还硬朗，底气十足地"古为今用"。待到月亮悄悄地爬上来时，凉爽的风开始从江面上微微吹起。三五成群的男人便在河里开始夜浴，感觉就像一条鱼般地快活。主妇们则在水埠头上洗汰，这一过程要持续到夜半时分。棒槌声、说笑声此起彼落，响彻半江。也有若干男士蹚身其中,很欢势卖力,引来老妇人的赞叹:屯溪街上的新老公！此时老大桥的拱圈倒映在水中,连接起来是一个大圆圈。月亮变得像又大又圆的银盘子落在其中,一动不动。

如今下游做了坝,这一段江面如平湖一般,入夜则流光溢彩,俨然城市名片。当然,所有的水埠头皆沉入水底,永无出头之日,有人发思古之幽情,进言重建河街,水埠头自然是不可或缺的。或许能做得似故如旧,但那份烟火味与市井气是决然俯拾不回来了。

蓑　衣

蓑衣很古老。

《诗·小雅·无羊》中有"尔牧来思，何蓑何笠"之句。唐代张志和《渔父》词里将其称为"绿蓑衣"；桃花流水，斜风细雨，在此等的情境里，唯"绿"才能相得益彰，画龙点睛。需要指出的是，此物有草蓑衣与棕蓑衣之分，张氏所吟乃草蓑衣，由草麻等植物茎叶编成。

余生晚矣，只能见识到棕树皮编织的蓑衣，棕树在南方的乡村是寻常之物，路边屋前，比比皆是。那时老家的新安江，每年三四月，都要发桃花汛的。莺啼草长，烟雨潇潇，我常常独自在岸边发呆，总有些说不清、道不明的惆怅。眼看着痴傻得不行了，一大溜竹排踏着一江春水逶迤而来，气派与架势很提神。它们节节相连，足足有两三百米长，逐波走浪，似一条青色的长龙在水面上摆动前行。每隔几十米，就有一个放排工戴斗笠、披蓑衣，挥篙点水，其状威风凛凛。竹排的舵与船不一样，是放在最前面的，立在排头掌舵的那位老大强壮剽悍自不待说，那一声吼气吞如虎，响彻半江。一袭蓑衣在身，更平添了几分大将风度；江水湍急，春风得意，哗哗地把襟角吹起，那股子酷劲，绝对压过今天的"犀利哥"。

他们有时也把竹排泊在水埠头，上岸到老街来逛逛。老街有家卖热豆腐脑和烧饼的店，一帮人进去晃动身子，像出水鸭子的动作，蓑衣上的水珠洒落了一地。女掌柜半真半假地嗔怪了起来，老大的手从蓑衣里伸出，指头上晃动着几条尺把长的白条鱼。鱼湿漉漉的好鲜活，女掌柜笑逐颜开地接过去，排工们喝豆腐脑也就不要钱了。

我那时每年春天都要到乡下去采茶。此活是一种单调、乏味的体力劳动，绝无舞台和屏幕上所表演出来的轻歌曼舞、诗情画意。在生产队长急促的哨音下，我们披起了五颜六色的塑料雨衣，在沉沉的雨霭里深一脚、浅一步地上山采茶。雨水很冷，山风嗖嗖，我们一个个瑟瑟作抖。贫下中农关怀我们，送来了蓑衣。一穿上，立马感到了它的实惠、厚道与淳朴，一股乡村式的温暖严严实实地包裹了我，唯一不舒服的是棕须多多少少有些扎人。雨停，天一放晴，就要脱下，否则要捂出一身汗。

此时，贫下中农间的"打情骂俏"也开始了。采茶基本上是妇女活，在众多的妇道面前，男贫下中农往往是孤家寡人，且非青壮劳力。倘若不是村里的老油条，一进到床笫之事的范围，都会连连告饶，落荒而走。此时，整个茶山会显得活泼热闹非常，唯有我们这些半大的男孩懵懵懂懂地傻笑。我这时会拎着蓑衣，悄悄地溜到茶园深处，将其铺在一株板栗树下；躺在松软的上面，透过返青的枝叶，看白云在蓝天慢慢地飘动，想一些不着边际的事情。

蓑衣本是劳力者们挡风遮雨的物品，劳心者一穿，意蕴就大不一样了。一千多年前，柳宗元孤舟蓑笠，独钓寒江雪，心里充满了被贬永州的孤独郁闷之情。一百年前，袁世凯被摄政王开缺回老家"养疴"，也曾在洹水边穿着蓑衣像模像样地垂钓，其兄袁世廉则持篙立船尾，还拍了照片广为散发。"楼小能容膝，檐高老树齐"，玩的是韬晦之计，心里想的是如何东山再起。我的一位朋友很浪漫，他曾乘竹排在新安江上漂了一百多里，那时鲜有火腿肠、午餐肉之类，于是就携一瓶老酒，两斤猪头肉顺水而下，两岸的青山绿水美不胜收，酒肉穿肠也痛快。入夜就歇息在排上，垫的和盖的都是蓑衣，星垂平野，月涌江流，头枕着波涛，惬意得很！

作为农耕时代的物件与符号，如今蓑衣已远去矣，即便在乡村，此物也很少见，偶尔遇到，都被遗弃在农舍的一个个角落旮旯里，无人问津，满身灰尘，松散的不成样子。当然，还有人在制作销售，模样袖珍可人，富贵人家买了去，作为豪宅墙上的装饰品，挺风雅的。

长 板 凳

　　某木工学校学生的毕业"作品"就是打一张八仙桌,老式的,且不能用一根钉。一位老木匠不以为然,他的标准是做一条长板凳。我颇疑惑,此物的制作工艺未免太简单了。他的解释是那面与腿连接的四个榫头足见真功夫,好的如焊接一般,几十年用下来可纹丝不动。想想也有道理,愈简单愈不平凡,烧菜放盐谁不会呀,可陆文夫先生在《美食家》里却说是烹饪的最高境界。

　　我家曾有长板凳数条,不得而知它们是猴年何月出自哪位木匠之手,又是如何进入我家的,反正是绝对年长于我。黝黑发亮的凳面,足见多少回臀部的磨蹭之功;粗陋结实的四条腿,落地沉着坚定,岿然不动。它们一般伺环一张四方桌,构成了我家吃饭待客的核心区域,亦是我们几个孩子灯下读书写画所在。偶尔挺费劲念着"扁担比板凳长,板凳比扁担宽"时,双脚是悬着的,不停地晃悠。父亲就敲敲桌面,很严肃地告诫:站有站样,坐有坐相。他老人家是典型的徽州人,遗老气息很重的,在家里讲的是大大的规矩。譬如一日三餐吃饭每人的位置居然几十年不变。他坐的是一把四方红木椅,一人居中;我们当然是坐在长板凳上"众星捧月"了。我腿尚不能落地,想吃口好菜,得要屁股脱离板凳,站着瞅住一锅萝卜里寥寥无几的五花猪肉,准确地用筷子夹起一块,迅速送入口中。

看小人书，知道了杨家将与岳家军，板凳则被当作马骑。可怜它动弹不得，由着我们扭啊颠啊，要把对方"斩于马下"。好在身子骨硬朗，一再折腾却安然无恙。丰子恺笔下的温馨场景，是断然见不到的。

三五年后，板凳就被我们扛在肩上跑了。那时最吸引人的公共娱乐活动是看露天电影，下午太阳还没落山，我们脚板底便痒了；晚饭碗一丢，就邀三呼四地出门了。一路皆是扛凳人，呈争先恐后状。开映前总有一中年男子讲形势、呼口号，足有半小时，国际国内，抓革命、促生产，备战备荒为人民。放到今天的电视节目里，绝对是个统吃一切的大侃爷。我们则坐在板凳上，耐着性子由他在高音喇叭里，用当地普通话慷慨激昂。一旦到了"万岁、万岁、万万岁"时，大家都呼啦啦地站立在凳上，如同平地上陡然长出一大片森林。

父亲是老中医，地方上颇有声名，来家求医者甚多。父亲来者不拒，一视同仁，态度和蔼，望闻问切，悉心诊治。家门口常摆二三条长板凳，让患者坐候着，我们还要端茶供水，忙得不歇息。来者身份各异，为官者大多中山装整洁，脚蹬黑皮鞋或草绿色军用球鞋，少数腹部微凸，发福状；乡人一般对襟褂短打，不乏草鞋赤足者。同坐一条凳，先来后到，次序井然。

某次，乡人认出邻座竟是本县县委书记，立惶惶、语嗫嗫，双手局促地搓着，卑恭得不行。书记哈哈一笑：都是一条板凳上的病人嘛。掏出一包"大前门"，先自点了一根抽起，又取一根递给乡人。乡人小心翼翼接过，夹在耳根处，在边上的旮旯里蹲着，再也不肯落座了。我也见过地委书记与县长同坐一条凳子候诊，说些我一点也听不懂的事情。只感觉前者的年龄长些，肚子好像也大些。

纸窗虚白

徽州老屋子的窗棂好看,有木雕的,也有石雕的。

大户人家讲究,精雕细作松梅竹兰、人鸟虫兽、古代的戏文传说;即便是平实的躬耕人家,亦有冰凌格一类装饰。从窗棂的空隙向里看,一束眩目的光亮从四方的天井上漏下,更衬出内里空间的幽暗迷离。正中置水缸一口,两边石条上有盆花,天竹茂盛,杜鹃火红,兰花暗香;角落潮湿处,苔痕深深浅浅。屋里穿衣打扮,生儿育女,一份寻常生活徐徐展开,也须隐私障目,过去没有窗帘,白纸一张娟秀,粘得平整妥帖,纸白,白得素洁,框黑,黑得深沉,那份书卷古意,悠然盎然。

我在纸窗老屋里度过一段童年时光。母亲巡回医疗齐云山下,携我寄宿登封桥边一老宅里。依稀记得从曲折小巷进,两边高墙斑驳,蔓须拂长。宅临水,横江清澈,有捉鱼小船慢慢划,船头立着鸬鹚。入夜,母亲去社员家诊病,哄我上雕花硬板床睡。我假寂,心存恐惧,盖因如此三进大屋除我外无一人。母亲料我睡着,大门两铁环咣当一扣,径自去了。我始而小声嘤泣,回应的竟是几声长短不一的猫叫,它大概是潜伏在厅堂里的冬瓜梁上吧。我愈发害怕,爬起来,趴到窗前仰望,月亮如一大银盘,悬在天井上方的天穹,清辉泄地,万物温柔。纸窗此时在月光辉映下,白里微微泛青,仿佛有了光泽。一枝雕刻的梅花斜逸着,在纸上倒映疏密,生动花朵;还有那些喝酒抬轿唱戏的小人,好像也活灵活现起来。我出神地看着,一直到母亲的脚步在巷口踢踏踢踏。

以后举家迁居,还住在老屋里。掌灯时分,长辈会拿出一盏罩子灯,把灯芯挑高,让我们姐弟仨读书写字。灯是祖上传下来的,中间是黄澄澄的镂花的铜皮,被掌摸得铮亮。玻璃罩子每天都要擦的,可以省些灯油。依旧是纸窗,不同的是贴在玻璃上。每年腊月二十八九,父亲要做两件事:写春联与贴窗纸。红春联与白窗纸,成了这户徽州人家过年的基本要素。父亲认真几近刻板,窗纸贴得可与今天车膜媲美。我们在灯下围桌写写画画,把自己小小身影绰绰晃动在纸窗上,父亲在看古医书,线装竖写的,时不时地督促我们一下,教几个字,把笔画的顺序写对。

冬夜漫长,纸窗外北风呼啸来回。早早上床,心里惦记着:下午就彤云密布了,夜里一场大雪有否?夜半醒,但听雪粒已敲击屋瓦。方瓦黝黑,隔空铺就,岂岂作响,宛如古筝急奏。亦有雪粒斜飞,打在纸窗外的玻璃上,似有人叩窗。复又睡去,再睁眼时,纸窗上已是白光哗哗一片,那光寒凛、清峻,容不得一点杂质。天亮乎?其实才五更,大地定是银装素裹了。破晓时,狗吠替代了鸡鸣,我们迫不及待地打开窗户,屋瓦上雪盈半尺,真正"千树万树梨花开"了。

竹　床

　　古清生认为江南的夏天有三大舒畅：蒲扇、竹床、绿豆汤。古氏是美食家，更钟情于绿豆汤，津津乐道此物是抵达内凉的美汤。于我而言，竹床却又是盛夏记忆里最不能忘怀的凉爽。光着个膀子，四仰八叉、无所顾忌地躺着，由表及里，由外到内，那可是一份遍及全身的舒坦啊！

　　徽州本是盛产竹子的地方，一年四季漫山的郁郁葱葱，多半是竹子的功劳。这里无论是城镇还是乡村，境况再窘迫，竹床都是置办得起的。它的打制无须多少工艺，陋实得很。一般的篾匠，一把锯子，一柄篾刀，就地取材，批量生产，源源不断地充斥着寻常人家的前厅后堂、正屋厢房。它的长短宽窄各异，一家有多少张竹床，大致对应着人口的多寡。七月的乡村，割稻插秧，抢收抢种，当家的男人天不亮就戴顶破草帽，掖着把镰刀下地了。中午一身汗水回家，拿起桌上那壶凉茶对着嘴子就咚咚下去几大口。然后在屋前的井台拎一桶透冷的水从头冲到脚。一条宽大过膝的短裤漫不经心地往身上一套，就仰躺在堂前的竹床上了。

　　主妇这时会端来一大海碗面条或干饭，上面不是两个黄灿灿的荷包蛋，就是一层油光亮闪的腊肉——那是春节前杀年猪留下来的，平时可舍不得吃啊！男人风卷残云一番，抹抹嘴打个饱嗝，很快，强大有力的鼾声从竹床上潮水般地涌来，越发显得徽式老屋里的寂然无声。待到月上西山，星斗满天，竹床摆到院场上，一家人就开始了无所事事的东扯西拉。老人耐不住山里的夜气，摇着蒲扇，一趔一晃地先离了。竹床下，驱蚊的干艾忽明忽暗，空气里弥漫着浓烈的艾草味。四周蛙声响亮，一群群的萤火虫不请自来，像黑夜的精灵在飘忽游走。孩子拍着手去捉，却惊动了草里的蛇蚯。男人一声不响地抽着烟，沉默地像远处黑黝黝的山峦。一个哈欠上来，他也趿着鞋进屋了。下半夜外面竹床睡不得，要落下腰腿毛病，四十岁就干不了重活。

一入秋，竹床在乡村的使命便告一段落。它们会被支起来，靠在墙旮旯，任凭布满灰尘，结上蜘蛛网。一旦村里哪个人得了急病，它就负起了担架的使命。两根大木棍边上一扎，两个精壮的后生一下就上了肩。即使是在隆冬飞雪的夜晚，也是照行不误的。弯弯的山道上，游走着明明灭灭的火把或手电。几条棉被裹着垂危的病人，竹床承载着生的希望，吱吱呀呀、晃晃悠悠地一路疾奔。

竹床在夏天的城里也是大行其道的。像屯溪这样的盆地，这段日子是很难挨的。当夕阳如同一个圆圆的大火球悬在老大桥的拱圈里，新安江边上就像接龙一样摆起了一张张竹床。每家都有自己的领地，主妇们一遍遍地往地上泼水，一天的太阳很毒，水到地上居然发出"吱吱"的声音。当夜色悄然而至时，一条由男女老少组成的纳凉带从老大桥蜿蜒到长干傍，好几里长啊。

当然，有一类人是不屑加入此中的——屯溪街上比较"前卫"的年轻人。他们穿着强力背心加平头运动裤，脚套白短袜，蹬着白球鞋。鞋的品质是很有讲究的，顶不济的鞋头破了，就用白胶布一贴，几可乱真，被人们讥为"骚包"。这帮人宁可在闷热的灯光球场看一场免费的当地人之间进行的篮球赛，捂出一身臭汗，也不愿坐在竹床上张家长李家短的悠哉凉哉。竹床上的人显得很惬意、很随便，一副松松垮垮的样子。有捶衣声节奏感很强地从江边此起彼伏，终于响彻半江。老妇人看着挎着篮子下河洗汰的男人，忍不住感慨起来：现在的老公真好。江风渐起，带过来的潮腥味淡淡地化解了夏夜的燥热,竹床顿生出丝丝缕缕的凉意。

　　我不知道童年时代多少个夏夜是在竹床上度过的。竹床是有辈分的,当然是越老越好。白里泛青的一定是新打的小字辈,睡在上面身子有一种涩涩的感觉,弄不好还会被没修理好的篾片扎一下。睡过三年五载,竹床便发黄、变红,到了紫檀色就算"功德圆满"了。我家的那张竹床也不知是哪代传下来的,通体紫亮,几可鉴人。睡上去有点晃悠,像是在说:我已垂垂老矣,早该退休了。我第一次睡上去,身体不及它的一半;最后一次离开时,它已装不下我的两只脚丫了。那些个夏天的夜晚,我就仰面躺着,看着深邃的天幕上闪烁着的繁星,想一些不着边际的心事,有时居然会莫名其妙地惆怅起来。

竹 篷 船

竹篷船,生得这般模样:两头尖尖微微上翘,全船八九米长,上铺木板,中间竹做骨架,箬叶为蓬;船头有竹篙,船尾有木舵。

它无论是急行在洄溪湍流里,还是静泊在浅滩缓水中,总是与徽州的青山绿水相得益彰,大写意地绘出一幅很有新安画派气韵的丹青。当然,写到诗词里也是很美的。清代查锡恒诗云:"碧水萦洄最上游,垂柳夹岸舣归舟。渔歌远近从风递,帆影高低带月收。"

我从开始记事起,老人就告诉我:多少年前,我们的祖宗背着兰花布包袱和油纸伞,怀里揣着一点碎银子,就是坐着这小小的竹篷船,从新安江一路顺水飘到杭州去的。在那一带贩盐、开茶叶店、卖药材木材,做成了大大的生意。家乡的牌坊、祠堂、大屋,就是他们挣的银子盖起来的。老人拍拍我的头,很有感慨地说:要是早几十年,也要坐船出去做学徒了。他这时会长吁一声:前世不修,生在徽州;十三四岁,往外一丢。老人家用方言念出这耳熟能详的民谚,让小小年纪的我若有所思。我似乎有点明白了竹篷船于徽州、于生生息息这块土地上的徽州人的意义。

算起来,我也算是新安江边人家。喝惯了江水,看惯了江上的白帆。率水与横江在屯溪汇合,江面陡然开阔,"两岸人家散若舟"。徽杭公路已通,新安江下游且又拦起了大坝,"扁舟上诉钱塘渡,阅尽江云与岭树"的情景虽不可寻,但伫立在江边渔埠头、盐埠头的大石头上,发发呆进而联想遐想还是可以的。因为此时江面上,还行走着数目不一的竹篷船。烟雨潇潇的春天,一江桃花水走得很急。只见船老大戴着斗笠,穿着蓑衣,横着竹篙,很气魄地立在船头。轻轻点水,那船眨眼就去了一里外。远处的黄口有一片起伏的山峦,像是山水画上淡淡的几笔。竹篷船最终变成了一个小黑点,又像是作画者的笔端不经意掉下的一滴墨渍。

入秋后,澄江如练,水势平缓。秋风飒爽时,竹篷船会骄傲地伸挂起一张大白帆。风鼓动着帆,帆带着船飞快地走,似乎在和长空中排成人字形的雁阵较劲。在冬天,竹篷船都静静地泊在浅水里,一条长板与岸上相接。一根长长的竹篙从船头的孔中插入水里,无须锚,船就稳稳地定住。雪花飘飘而至,落入江中静无声。岸上的草滩白了,船上的竹篷也白了。几缕炊烟从船尾袅袅升起,在一片白色茫茫显得有几分生动。走近一闻,还有一股炖腊肉的香味。

我们与竹篷船的最近距离接触当在夏天。不管大人怎么干涉,这季节我们都要三五成群地到新安江里去划水。游着游着就到了竹篷船的边上,手扒着船帮就往里面窥探。岸上人实在无法想象如此狭小的船舱怎么容得下一个七八口之家。船板被擦得光光亮亮,一尘不染,唯有几件基本的生活用品置于舱中。一位老太太正戴着花镜,盘着腿做针线活。我们想爬上去看个究竟,却不料晃动了船身。一根大竹篙从头上扫过,紧接着是一个男人恶声恶气的斥呵。我们慌慌地弃船而走,像青蛙一样扑通扑通地掉入水中。个别胆子大、水性好的,则从船底潜游过去,和船老大玩起了捉迷藏。我们真担心船老大是个"浪里白条",火气上来跳入水里,逮住一个浑小子,非呛个半死不可。

屯溪街上人不大瞧得起他们,将之统称为"船上佬"。他们似乎也不愿意与岸上人多来往,尽管他们也曾有过自己的组织——"水上公社",办公室也在岸上。船泊下来,他们也会上岸溜达。毕竟是水上人家,相貌举止就有点特别:皮肤黝黑,身体健壮;男人的头发都像一块大瓦片盖在头顶,朝一边甩下来,几乎遮住眉毛。绝无中分、小平头之类。小男孩则喜欢在后脑勺扎个小辫子,脖颈上还戴着个白亮亮的银项圈。

他们出手挺大,三五斤肉割下来,拎着就走;豆腐蔬菜也是整板成筐地买。估计是远行的需要吧。他们的主要活计是运输,不多的货物装在船上,顺水也挺轻松的。最艰辛的是逆水行船,走得动的男人都下去背纤了。一条船要十几根纤绳拉着,排开了一里多路。纤夫弓着腰,沿着长长曲曲的石堤,一步一叩首,一步一滴汗。哪有今天歌里唱得那么男欢女爱,潇洒轻松。石堤突出的地方,能看到深深的凹痕,据说是多少年纤绳磨勒的功夫。那拉纤的号子我们听不懂,只觉得里面有一种深沉又透彻的悲凉。

竹篷船现今已很难寻觅。当然。你可以在某个野外的旅游点上看到一只或者一溜子,遍体被上好的油漆抹得通亮。模样、大小差不多,只是绝无了那一份特有的神韵,甚至连那汪水、水边的那片林子也显得造作起来。或许在一个春天的傍晚,暮色茫茫,不知怎地就走到一个古渡口旁。残缺的青石板高低不平地延伸到河边,岸草疯长,野花怒放。几株衰柳佝着腰,很不服老地吐出一条条新绿。一条竹篷船泊在拂水的柳枝下面,很安静、很孤独。看来已经很长时间没有人眷顾它了,苔藓遍布,一只桨只剩下半截。一只野斑鸠斜斜地飞过来,落在船头东张西望。也许是这里太寂然了,蹦跳了几下,扑通扑通就飞走了。